AMAZING
WORD
SEARCH

AMAZING
WORD
SEARCH

RUPA

Published by
Rupa Publications India Pvt. Ltd 2019
7/16, Ansari Road, Daryaganj
New Delhi 110002

Sales Centres:
Allahabad Bengaluru Chennai
Hyderabad Jaipur Kathmandu
Kolkata Mumbai

ISBN: 978-93-5333-584-7

First impression 2019

10 9 8 7 6 5 4 3 2 1

The moral right of the author has been asserted.

Contents

Introduction

A word search or mystery word puzzle is a word game that consists of the letters of words placed in a grid, which usually has a rectangular or square shape. The objective of this puzzle is that the player must find and mark all the words hidden inside the box. The words may be placed horizontally, vertically or diagonally.

A word search puzzle enhances the ability to recognize English letters. In addition, it can reinforce the ability to spell words through 'decoy' words, or words that look almost like the actual words but their letters are scrambled. The search for decoy words helps readers develop an understanding of context clues in other subjects as well.

A research has pointed out that Words Search provides a variety to educational exercises, enhances creativity and builds confidence in students.

And if you are not a student, lo and behold, you will have more fun with these puzzles as you will not be put under any evaluation!

We have divided this puzzle book into various themes of movies, sitcoms, sports, food and drinks, science, history and some general words. Enjoy searching!

MOVIES

Movies of the 1990s

E	I	E	R	P	O	N	U	R	I	J	S	N	L
D	P	C	U	M	M	O	H	L	S	U	C	A	H
X	H	T	M	F	T	I	E	E	T	R	H	R	E
I	E	C	P	P	T	T	R	S	E	A	I	F	T
R	S	L	O	E	N	C	I	C	I	S	N	O	E
T	N	U	S	C	I	I	F	R	H	S	D	R	T
A	E	E	R	E	S	F	T	E	O	I	L	R	H
M	S	L	C	E	R	P	B	A	M	C	E	E	E
E	H	E	I	O	E	L	U	M	E	P	R	S	M
H	T	S	N	T	T	U	O	K	A	A	S	T	U
T	X	S	A	S	S	P	D	C	L	R	L	G	M
L	I	S	T	O	I	S	S	P	O	K	I	U	M
T	S	N	I	H	W	N	R	R	N	T	S	M	Y
T	I	M	T	G	T	R	M	A	E	E	T	P	L

SCHINDLER'S LIST	THE MUMMY
MRS DOUBTFIRE	TWISTER
GHOST	PULP FICTION
CLUELESS	TITANIC
FORREST GUMP	HOME ALONE
SIXTH SENSE	SCREAM
JURASSIC PARK	THE MATRIX

2000s Movies

P	G	C	D	T	O	D	O	L	D	E	E	V	T
V	E	H	F	E	A	O	D	O	R	A	R	H	I
A	H	I	T	C	H	N	A	M	E	P	A	S	M
N	O	C	T	D	O	N	V	E	D	E	C	L	R
H	T	A	H	L	G	I	A	N	N	V	Y	E	O
E	A	G	E	A	L	E	T	G	A	A	A	E	T
L	P	O	P	T	A	D	A	N	L	D	D	P	S
S	M	E	A	O	D	A	R	I	O	T	Y	O	T
I	S	C	T	N	I	R	I	D	O	E	D	V	C
N	E	R	R	E	A	K	C	N	Z	E	D	E	E
G	C	A	I	M	T	O	E	I	P	M	A	R	F
E	N	A	O	E	O	D	A	F	A	O	D	K	R
T	O	V	T	N	R	N	G	C	E	H	O	I	E
L	O	A	E	T	F	E	E	T	I	V	I	L	P

ICE AGE
MEET DAVE
DADDY DAY CARE
THE PATRIOT
CHICAGO
PERFECT STORM
ZOOLANDER
DONNIE DARKO

SLEEPOVER
ATONEMENT
HITCH
ONCE
FINDING NEMO
VAN HELSING
GLADIATOR
AVATAR

Alice in Wonderland

M	U	S	H	R	O	O	M	H	C	K	T	A	E
N	E	E	U	Q	N	T	R	K	N	I	R	H	S
T	C	U	G	R	O	W	E	U	A	R	D	E	O
E	A	U	H	M	W	E	T	H	E	A	R	T	S
U	R	A	L	U	Q	E	T	H	M	L	R	H	M
Q	D	R	N	T	M	D	A	R	E	E	T	O	A
O	S	S	C	E	A	L	H	Q	R	A	A	L	R
R	D	N	A	L	R	E	D	N	O	W	D	E	C
C	U	S	D	S	D	D	O	A	O	U	R	E	H
G	C	T	E	R	D	E	A	L	I	C	E	D	H
E	T	S	A	L	I	E	N	A	E	T	A	H	A
N	O	R	C	A	R	N	A	S	M	A	A	C	R
R	C	S	D	M	A	D	K	S	E	T	D	E	E
R	I	M	U	D	E	L	D	E	E	W	T	H	Q

QUEEN	MAD	CROQUET	HATTER
ROSES	WONDERLAND	MARCH HARE	TEA
HEAD	TWEEDLEDUM	HOLE	ALICE
CARDS	TWEEDLEDEE	GROW	EAT
DRINK	MUSHROOM	SHRINK	HEARTS

Avatar

A	S	N	A	M	U	H	O	T	R	I	B	E	S
A	E	E	H	C	N	A	B	N	P	R	A	L	T
S	A	A	L	A	B	I	R	T	A	I	I	I	R
A	E	T	B	E	L	I	E	F	N	V	M	M	O
V	K	N	H	O	K	C	O	R	D	N	I	A	N
A	A	A	R	O	R	W	N	S	O	I	E	G	G
G	J	R	A	G	U	N	A	I	R	L	V	I	A
E	V	T	P	U	I	G	S	R	A	I	B	N	C
C	P	A	I	S	T	E	H	H	L	N	R	A	H
N	O	A	D	P	R	T	I	T	T	R	A	T	U
I	B	C	N	N	E	E	G	E	F	I	V	I	V
M	O	N	U	M	E	N	T	A	L	U	E	V	I
I	C	O	N	N	E	C	T	O	R	E	L	E	I
E	N	M	A	J	E	S	T	I	C	A	L	B	B

HUMANS	THOUGHTFUL	ROCK	BRAVE
BELIEF	NAVI	IMAGINATIVE	MONUMENTAL
CONNECTOR	JAKE	TRIBAL	TRIBE
RAPID	SAVAGE	MAJESTICAL	BANCHEE
PANDORA	WAR	STRONG	TREE

Avengers

I	I	I	B	L	A	C	K	W	I	D	O	W	A
D	A	C	H	I	T	A	U	R	I	O	T	K	E
K	T	N	O	I	T	C	A	R	E	S	S	E	T
I	S	O	P	N	I	C	K	F	U	R	Y	K	H
M	C	E	H	O	H	L	N	A	R	H	E	R	I
O	T	S	I	K	L	T	I	K	H	U	L	K	R
O	R	C	L	E	K	R	O	Y	W	E	N	W	H
E	W	K	C	O	O	P	S	W	N	L	P	N	K
Y	N	I	O	A	M	R	A	W	A	H	S	N	N
E	S	I	U	K	S	L	L	I	M	R	O	H	T
K	A	H	L	K	A	O	E	T	N	E	Y	T	O
W	N	T	S	K	S	K	E	C	O	A	R	N	A
A	A	I	O	W	Y	I	W	R	R	U	R	Y	O
H	L	H	N	Y	O	W	K	O	I	A	I	L	H

SHAWARMA

PHIL COULSON

CHITAURI

LOKI

TESSERACT

BLACK WIDOW

THOR

NEW YORK

IRON MAN

HULK

HAWKEYE

NICK FURY

Breakfast at Tiffany's

R	Y	U	Y	L	T	H	G	I	L	O	G	L	Y
O	I	K	R	O	Y	W	E	N	R	U	T	I	Y
B	A	R	I	E	R	E	P	S	I	A	G	B	R
Y	K	A	J	R	A	V	Y	Y	W	D	K	R	C
E	D	I	T	M	Y	A	Y	I	T	A	D	A	T
M	I	H	R	A	O	W	E	E	D	S	A	R	A
E	O	S	A	P	I	O	I	D	I	Y	U	Y	C
A	T	O	W	A	E	E	N	L	S	D	H	R	N
N	T	I	L	U	W	O	R	R	D	C	O	D	T
R	O	N	E	L	L	O	R	L	I	W	H	Y	N
E	T	U	R	O	H	O	L	L	Y	V	O	L	Y
D	S	Y	N	A	F	F	I	T	A	E	E	O	S
S	R	R	C	Y	T	N	R	G	A	M	I	R	D
A	A	M	N	K	E	Y	A	T	E	X	A	S	I

MOON RIVER   MEAN REDS   TIFFANY'S   RUSTY

NEW YORK   LIBRARY   PAUL   TEXAS

MR YUNIOSHI   VARJAK   TRAWLER   KEY

SID   DOC   MAG   CAT

HOLLY   GOLIGHTLY   WILDWOOD   PEREIRA

Constantine

Z	J	O	H	N	E	E	O	A	L	E	E	D	S
M	I	D	N	I	T	E	H	E	L	L	H	M	A
H	M	A	E	N	I	T	N	A	T	S	N	O	C
G	E	I	N	L	E	I	R	B	A	G	T	S	A
R	Z	S	I	E	W	L	E	H	C	A	R	H	X
R	A	I	O	E	X	O	R	C	I	S	M	I	B
E	C	N	E	T	T	R	E	T	N	U	H	A	S
S	R	S	G	T	W	I	N	S	E	N	I	L	I
E	O	I	H	E	G	T	A	S	N	N	S	A	S
L	S	T	T	E	L	B	E	E	L	E	M	B	T
G	S	E	T	O	E	A	B	I	B	L	E	E	E
N	M	N	O	M	E	D	L	G	S	C	O	O	R
A	M	H	O	D	O	G	S	C	L	O	I	U	S
H	O	L	Y	W	A	T	E	R	A	L	E	F	C

CONSTANTINE
GOD
ANGELA
HUNTER
JOHN
SHIA LABEOUF
HOLY WATER
HELL
ANGLES

DEMON
BIBLE
SISTERS
RACHEL WEISZ
CROSS
GABRIEL
TWINS
EXORCISM
MIDNITE

Elf (Movie)

R	F	A	K	E	S	A	N	T	A	C	R	C	I
C	H	R	I	S	T	M	A	S	Y	Y	T	D	S
A	D	V	E	N	T	U	R	E	E	A	O	I	A
N	O	R	T	H	P	O	L	E	I	O	F	C	G
O	R	H	F	O	R	G	I	V	I	N	G	A	S
H	T	J	W	V	I	V	U	N	K	N	O	W	N
E	Y	J	O	V	I	E	M	I	L	E	S	R	N
K	I	N	D	N	E	S	S	N	A	O	S	J	A
E	N	N	O	G	G	N	I	K	A	M	Y	O	T
C	B	E	K	N	E	B	N	E	W	Y	O	R	K
C	K	U	R	W	A	L	T	E	R	F	S	T	E
W	Y	C	O	I	I	C	E	B	E	R	G	S	T
W	S	E	W	B	U	D	D	Y	L	I	M	E	G
H	L	A	E	H	C	I	M	L	A	N	Y	N	O

MICHEAL
KINDNESS
FORGIVING
ICE BERGS
FAKE SANTA
NEW YORK

NORTH POLE
TOY MAKING
WORK
UNKNOWN
CHRISTMAS
ADVENTURE

MILES
EMILY
BUDDY
WALTER
JOVIE

E.T. the Extra-Terrestrial

G	F	P	E	L	I	B	I	F	H	L	A	A	T
N	I	I	Y	L	I	P	G	L	E	X	T	R	A
I	F	C	G	C	E	I	A	N	E	V	E	T	S
L	S	I	Y	N	I	W	M	O	P	A	P	L	R
L	C	C	N	E	I	I	I	C	G	P	H	A	R
C	L	M	Y	G	I	W	R	A	E	I	R	I	I
E	G	A	E	N	E	I	O	L	S	H	I	R	G
G	E	R	T	I	E	R	T	L	O	S	M	T	I
R	S	P	I	E	L	B	E	R	G	E	I	S	R
I	A	L	I	E	N	I	T	T	O	C	C	E	E
N	T	S	E	O	E	P	I	G	H	A	H	R	N
N	W	N	C	M	I	G	C	A	E	P	A	R	O
I	T	T	O	I	L	L	E	L	B	S	E	E	H
L	E	H	I	R	S	E	N	E	E	C	L	T	P

GLOWING
EXTRA
ALIEN
HOME
MICHAEL

STEVEN
BICYCLE
PHONE
FINGER
SPIELBERG

TERRESTRIAL
ELLIOTT
GERTIE
SPACESHIP

The Fast and the Furious

U	O	G	Y	C	A	L	I	F	O	R	N	I	A
S	B	R	I	A	N	A	T	O	R	R	E	T	O
O	A	A	T	N	F	A	A	Y	E	V	O	L	T
D	N	A	S	S	I	N	T	F	G	U	N	S	E
U	O	L	F	D	A	T	F	S	D	O	M	A	M
O	Y	K	O	T	E	T	R	I	M	B	O	I	B
U	R	G	R	L	Y	R	M	N	T	E	J	Y	U
N	S	E	P	L	A	N	E	S	O	B	T	N	L
U	A	T	I	S	P	T	S	A	F	L	N	S	L
R	A	C	I	N	G	I	B	E	A	O	N	F	E
M	N	T	F	A	M	I	L	Y	I	R	A	A	T
I	J	L	L	O	N	D	O	N	A	S	M	T	S
A	E	B	U	A	N	L	T	R	T	E	O	E	I
O	I	N	S	F	U	R	I	O	U	S	R	M	N

TOKYO	PLANES	FURIOUS	LOVE
CALIFORNIA	LONDON	GUNS	BRIAN
NISSAN	LETTY	TORRETO	TEJ
LOYALTY	ROMAN	DOM	FAMILY
BULLETS	MIA	RACING	FAST

The Fault in Our Stars

A	H	K	S	I	S	O	N	G	A	I	D	R	D
I	U	O	A	N	N	E	F	R	A	N	K	G	L
T	L	O	W	L	E	Z	A	H	I	C	I	R	S
E	E	B	O	A	O	E	G	R	E	E	N	A	R
M	A	P	I	P	E	N	S	N	P	C	L	C	A
A	H	R	T	N	E	I	T	A	P	R	A	E	T
D	C	I	N	O	C	A	N	C	E	R	T	L	S
R	I	M	A	F	W	J	I	W	E	D	I	L	A
E	M	A	P	S	A	Z	S	A	I	S	P	E	N
T	L	E	R	I	T	U	W	R	U	Z	S	U	A
S	D	O	M	T	E	A	L	P	V	A	O	O	Z
M	I	F	V	K	R	L	R	T	J	O	H	N	Z
A	M	J	E	E	S	N	H	R	R	F	T	E	E
S	U	P	P	O	R	T	G	R	O	U	P	P	L

LOVE	ANNE	DIAGNOSIS	STARS
PATIENT	FRANK	SUPPORT	HOSPITAL
GREEN	MICHAEL	GROUP	BOOK
AMSTERDAM	WATERS	FAULT	LIDEWIJ
CANCER	HAZEL	GRACE	
	PIPE	JOHN	

Friday the 13th

R	I	N	M	N	M	I	S	C	H	I	E	F	G
E	Y	K	O	O	P	S	O	K	L	O	L	D	A
D	O	A	G	D	E	T	A	C	K	C	A	L	B
L	C	E	T	H	I	R	T	E	E	N	T	H	K
U	W	O	O	D	S	N	O	S	A	J	A	O	I
O	L	O	P	A	S	C	A	R	Y	C	O	P	L
H	H	M	K	H	A	R	U	N	N	I	N	G	L
S	A	O	L	S	F	R	I	D	A	Y	O	O	E
C	R	I	W	S	C	R	E	A	M	I	N	G	R
O	Y	R	O	P	F	A	F	F	C	T	O	U	T
C	W	M	R	E	D	D	A	L	O	L	I	A	O
C	H	H	P	C	S	S	R	R	M	A	K	S	A
R	O	L	S	N	U	O	C	R	U	S	M	N	A
G	G	T	P	B	E	H	T	H	G	I	N	Y	A

FRIDAY	LADDER	PROWL	SCREAMING
SCARY	NIGHT	BLACK CAT	JASON
THIRTEENTH	KILLER	RUNNING	SHOULDER
SPOOKY	COUNSLOR	WOODS	
CAMP	SALT	MISCHIEF	

Ghostbusters

J	E	I	R	S	N	M	A	M	N	N	T	E	K
Y	A	T	O	B	I	N	Y	A	O	O	R	N	R
L	T	N	Y	E	G	E	G	R	I	I	E	O	O
U	S	A	I	R	C	H	O	S	T	T	P	A	Y
F	R	L	G	N	O	T	N	H	A	A	E	R	W
R	K	T	I	S	E	Y	O	M	T	T	E	R	E
E	A	E	T	M	U	A	T	A	S	S	K	R	N
T	T	E	A	O	E	Y	T	L	E	E	E	M	R
E	W	L	N	E	N	R	Y	L	R	G	T	A	E
M	D	S	H	E	P	L	E	O	I	G	A	E	T
E	W	I	N	S	T	O	N	W	F	O	G	R	E
K	I	O	E	E	G	O	N	M	E	Z	G	T	P
P	C	L	U	U	Z	T	R	A	P	E	O	S	O
A	O	E	P	A	N	A	D	N	I	R	R	N	S

MARSHMALLOW   GATEKEEPER   STREAM   JANINE
MAN   PETER   GOZER   TOBIN
ECTO   PKEMETER   TRAP   NEW YORK
RAY   WINSTON   DANA   EGON
GESTATION   FIRE STATION   ZUUL   SLIMER
GHOST

Gone with the Wind

K	R	L	L	E	T	H	C	O	P	E	R	E	C
N	R	R	A	A	R	A	H	S	I	I	S	I	P
A	H	U	N	G	E	R	A	O	T	N	A	N	L
R	L	T	E	A	T	I	R	L	T	A	T	O	A
F	B	O	N	N	I	E	L	D	Y	L	L	R	N
L	A	Y	M	M	A	M	E	I	P	E	A	T	T
O	I	S	M	O	N	O	S	E	A	M	N	H	A
A	P	Y	S	S	I	R	P	R	T	A	T	R	T
C	S	Y	E	L	H	S	A	S	T	M	A	L	I
P	L	E	L	N	H	O	T	A	R	A	L	S	O
S	C	A	R	L	E	T	T	O	H	A	R	A	N
E	Y	S	R	A	O	R	E	N	E	G	A	D	E
S	O	U	T	H	A	E	Y	P	T	A	W	A	R
R	Y	A	N	K	E	E	D	E	A	T	H	S	A

FRANK   SOLDIERS   SOUTH   PITTYPAT
HUNGER   BONNIE   PLANTATION   ATLANTA
WAR   YANKEE   RENEGADE   ASHLEY
SCARLETT   TARA   CHARLES   DEATH
OHARA   MAMMY   MELANIE   NORTH
PRISSY

Grease

O	C	S	X	O	C	M	I	S	Y	T	T	A	P
P	I	N	K	L	A	D	I	E	S	A	N	D	Y
M	I	V	I	C	K	E	N	I	C	K	I	E	U
A	N	Y	A	F	R	E	N	C	H	I	E	N	T
R	D	G	N	I	V	O	L	R	E	M	M	U	S
T	I	T	N	E	W	T	O	N	J	O	H	N	I
Y	U	T	N	X	T	O	A	E	M	I	A	E	O
D	H	L	D	M	S	D	R	I	B	T	J	H	L
N	E	A	A	H	C	A	H	C	A	N	A	C	I
J	X	E	V	E	A	R	D	E	N	C	N	N	V
O	Z	Z	I	R	M	Y	N	N	A	D	T	A	I
J	O	H	N	T	R	A	V	O	L	T	A	L	A
T	E	E	N	A	N	G	E	L	K	N	O	B	E
P	D	E	J	E	F	F	C	O	N	A	W	A	Y

PATTY	KENICKIE	MARTY	FRENCHIE
SIMCOX	JOHN	JEFF	PINK LADIES
BLANCHE	TRAVOLTA	CONAWAY	JAN
NEWTON	SUMMER	CHA CHA	DANNY
JOHN	LOVING	TEEN ANGEL	
T BIRDS	OLIVIA	EVE ARDEN	
SANDY	RIZZO		

Guardians of the Galaxy

K	D	A	D	Y	O	N	D	U	O	T	O	N	S
O	T	Y	S	A	K	Y	L	N	L	T	U	B	R
A	L	U	B	E	N	A	S	O	N	A	H	T	T
A	C	A	C	P	E	T	E	R	Q	U	I	L	L
R	O	R	B	L	K	O	R	A	T	H	O	L	L
T	H	E	C	O	L	L	E	C	T	O	R	A	O
T	N	A	N	X	S	T	A	R	L	O	R	D	N
R	A	A	R	Y	R	E	T	S	A	K	R	A	D
K	N	G	A	L	A	X	Y	R	Y	E	R	N	D
T	O	I	T	E	K	C	O	R	P	D	R	A	X
O	R	L	R	A	D	N	A	X	U	E	T	R	S
O	M	R	N	O	V	A	C	O	R	P	S	B	O
R	H	K	T	K	N	O	W	H	E	R	E	T	Q
G	N	N	P	S	N	P	G	A	M	O	R	A	X

PETER QUILL   KORATH   KNOWHERE   RONAN
THE COLLECTOR   DARK ASTER   THANOS   ROCKET
NEBULA   STAR-LORD   YONDU   GROOT
DRAX   NOVA CORPS   XANDAR   ORB
GAMORA   KYLN   GALAXY

Harry Potter

F	L	Y	M	G	T	F	M	U	G	G	L	E	T
V	L	O	O	I	R	H	I	H	N	G	E	E	O
O	A	F	L	G	A	H	E	L	A	C	M	C	S
L	G	L	H	N	H	F	O	R	L	G	N	N	A
D	A	A	U	A	K	M	F	A	M	N	R	C	N
E	N	M	F	F	C	I	O	N	M	I	M	I	N
M	N	O	F	U	O	M	E	O	N	U	O	N	D
O	O	C	L	T	L	F	U	K	L	O	S	N	S
R	G	A	E	N	Y	R	E	H	T	Y	L	S	E
T	C	R	P	C	R	O	T	N	E	M	E	D	R
M	M	D	U	R	A	V	E	N	C	L	A	W	C
A	A	L	F	N	N	S	I	E	P	A	N	S	M
Y	F	F	F	M	R	S	N	O	R	R	I	S	A
Y	O	F	L	A	M	S	U	I	C	U	L	A	I

VOLDEMORT	MRS. NORRIS	DEMENTOR
HERMIONE	HAGRID	LUCIUS MALFOY
LOCKHART	HUFFLEPUFF	SNAPE
DRACO MALFOY	SLYTHERYN	MUGGLE
FANG	McGONNAGAL	RAVENCLAW

Indiana Jones

I	N	D	I	A	N	A	J	O	N	E	S	C	S
O	G	N	S	G	A	A	R	N	C	S	L	U	C
P	J	S	N	S	O	A	N	A	I	K	T	D	R
L	R	E	N	A	I	N	S	I	L	A	A	R	Y
N	K	A	P	R	C	O	D	R	J	O	S	O	S
A	K	K	I	C	S	S	A	E	R	N	S	T	
C	R	A	S	H	J	C	K	M	E	S	N	A	A
K	A	E	R	A	N	R	O	D	S	A	O	A	L
R	A	O	S	E	K	E	I	R	K	N	K	L	S
E	O	A	S	O	E	P	L	E	P	S	N	Y	K
R	P	A	N	L	S	R	S	N	S	I	A	I	U
I	A	N	G	O	T	L	L	N	N	S	O	M	L
J	N	E	H	G	R	N	A	S	R	O	K	N	L
E	P	D	S	Y	P	Y	N	N	K	O	P	S	S

SNAKES
ARCHAEOLOGY
INDIANA JONES
CRYSTAL SKULL

ARK
MARIAN
SCORPIONS
SPIDERS

James Bond Movies

E	O	K	L	L	A	F	Y	K	S	D	R	N	O
E	U	D	L	D	A	N	A	W	L	G	S	N	R
Y	A	D	R	E	H	T	O	N	A	E	I	D	R
S	L	E	L	I	S	R	N	A	N	M	E	H	G
P	N	Y	L	L	A	B	R	E	D	N	U	H	T
E	H	E	U	O	A	L	I	I	E	G	R	D	O
C	E	N	L	A	L	D	B	I	O	E	B	R	E
T	K	E	K	H	O	V	Y	E	E	H	E	T	R
R	Y	D	D	M	O	O	N	R	A	K	E	R	N
E	S	L	H	I	O	T	N	D	K	E	A	R	R
U	G	O	L	D	F	I	N	G	E	R	D	I	E
F	P	G	I	R	D	K	G	T	O	K	I	R	A
R	U	S	S	I	A	W	I	T	H	L	O	V	E
O	R	H	O	H	V	N	S	D	N	N	G	T	U

DIE ANOTHER DAY
DR NO
THUNDERBALL
GOLDF INGER
RUSSTA WITH LOVE

GOLDENEYE
SKYFALL
MOONRAKER
SPECTRE

Jurassic Park

V	E	L	O	C	I	R	A	P	T	O	R	A	N
D	T	O	R	R	E	S	O	R	T	L	D	D	S
N	H	A	E	U	S	N	G	T	R	O	E	R	T
A	E	C	N	E	A	T	A	T	G	R	T	A	S
C	M	O	H	D	T	S	U	T	L	A	R	L	I
L	E	F	S	T	G	N	O	D	D	S	I	A	T
O	P	R	D	E	I	O	D	N	Y	D	C	N	N
N	A	I	T	R	T	G	R	E	I	U	E	G	E
E	R	A	R	R	I	A	F	S	D	R	R	I
R	K	E	T	O	E	N	R	P	L	Y	A	A	C
R	O	S	G	R	E	O	C	X	A	S	T	N	S
D	T	H	U	N	T	E	D	E	N	O	O	T	G
E	G	G	S	E	T	E	X	R	D	A	P	R	N
N	R	R	E	R	C	D	N	T	C	I	S	N	I

THEME PARK	VELOCIRAPTOR	DINOSAUR
FROG DNA	DR. ALAN GRANT	TERROR
HUNTED	ISLAND	T-REX
SCIENTISTS	DNA CLONER	STUDY
TRICERATOPS	EGGS	RESORT

Les Miserables

S	T	O	E	N	J	O	L	R	A	S	A	S	R
N	E	C	A	N	D	L	E	S	T	I	C	K	S
H	P	E	S	I	M	A	S	E	L	N	E	R	N
O	O	S	C	O	S	E	T	T	E	D	E	R	A
P	N	U	E	G	N	J	A	V	E	R	T	I	D
E	I	I	S	E	S	A	T	H	G	I	F	T	A
U	N	R	J	E	A	N	V	A	L	J	E	A	N
E	E	A	M	N	N	N	E	J	N	J	H	K	M
R	F	M	O	N	E	D	A	Y	M	O	R	E	A
E	H	N	N	E	E	V	O	L	U	V	R	I	E
T	T	H	N	D	A	E	R	B	L	A	C	K	R
C	A	L	T	F	R	A	N	C	E	D	P	E	D
E	E	E	E	N	I	T	N	A	F	A	I	R	Y
R	D	T	H	E	N	A	R	D	I	E	R	E	H

ONE DAY	BLACK	JEAN	DEATH
MORE	MARIUS	VALJEAN	DREAM
FRANCE	JAVERT	EPONINE	CANDLESTICKS
RED	THENARDIER	ENJOLRAS	FANTINE
FIGHT	LES AMIS	BREAD	LOVE
HOPE		COSETTE	

Minions

I	L	S	A	E	I	C	A	S	E	Y	R	H	E
E	I	C	N	N	R	E	E	E	O	T	J	F	M
E	H	Y	C	A	D	E	E	R	B	E	I	R	A
D	P	N	I	V	E	K	O	L	J	C	A	M	R
A	A	F	T	H	A	R	Y	E	V	N	T	R	K
V	O	F	R	I	E	D	E	V	N	L	R	A	C
E	J	E	R	R	Y	E	O	I	E	H	A	R	H
A	I	J	L	E	A	M	N	N	E	E	I	S	S
D	T	R	V	J	O	R	G	E	N	R	A	E	T
E	O	A	O	B	M	L	K	E	M	I	L	Y	R
V	N	L	O	J	T	A	E	L	E	S	E	R	A
A	M	B	L	B	J	J	R	H	E	L	E	N	U
N	O	T	R	B	K	N	Y	C	C	O	R	F	T
G	T	E	E	J	H	R	M	A	H	E	O	A	S

JAKE	JORGE	DONNIE	CARL
EMILY	JERRY	TOM	MARK
CASEY	PHIL	HELEN	DAVE
TIM	KEVIN	LEVI	BOB
JEFF	STUART	HARY	BREED

Movies with One-word Titles 1

A	E	G	S	O	B	C	A	P	O	T	E	I	R
B	R	S	O	M	N	I	B	A	C	A	B	I	D
A	A	W	S	P	I	T	G	U	N	E	W	T	R
R	S	O	R	G	N	M	I	M	I	C	N	S	A
T	E	L	A	N	O	S	L	E	E	P	E	R	C
A	R	F	C	I	R	T	S	C	R	E	A	M	U
T	E	T	A	G	R	A	T	S	E	G	S	B	L
A	T	O	N	E	M	E	N	T	A	A	R	A	A
C	L	I	F	F	H	A	N	G	E	R	A	M	L
C	R	L	N	O	L	L	I	P	A	P	B	O	L
E	S	W	A	T	E	R	W	O	R	L	D	C	O
S	E	N	O	T	S	B	M	O	T	T	D	R	I
A	O	E	I	R	R	A	C	A	N	E	B	A	B
D	E	L	Y	I	I	D	E	N	T	I	T	Y	N

WOLF   SCREAM   CARRIE   ERASER
ATONEMENT BABE   TOMBSTONE STARGATE
SLEEPER   CLIFFHANGER PAPILLON CAPOTE
CARS   IDENTITY BIG   RONIN
WATERWORLD DRACULA   MIMIC

Movies with One-word Titles 2

C	O	E	T	R	A	F	F	I	C	E	H	F	R
I	T	H	H	O	B	O	M	B	H	U	O	I	C
S	N	O	L	G	P	H	A	O	L	M	T	V	L
N	E	S	P	R	L	I	O	K	I	E	R	P	U
G	M	F	R	A	A	K	A	E	J	E	L	H	E
I	E	E	B	F	T	A	F	E	A	O	A	A	L
S	M	H	E	S	O	G	I	T	R	E	V	A	E
U	I	I	W	Y	O	K	M	I	H	G	O	I	S
P	O	T	I	R	N	L	M	L	E	H	A	R	S
E	U	C	T	E	H	I	R	A	A	O	O	P	M
R	U	H	C	S	A	M	A	O	D	S	P	L	E
B	E	H	H	I	T	A	E	H	C	T	V	A	S
A	E	N	E	M	R	O	R	O	O	H	M	N	P
D	D	H	D	O	S	Y	I	H	H	P	T	E	R

HULK	GHOST	MILK
BEWITCHED	VERTIGO	MISERY
HITCH	AIRPLANE	SIGNS
CLUELESS	SUPERBAD	JARHEAD
MEMENTO	TRAFFIC	PLATOON
HOOK	HEAT	FARGO

Movies with One-word Titles 3

T	E	A	H	L	R	Y	K	C	O	R	H	S	N
L	N	O	D	D	E	G	A	M	R	A	A	E	E
B	G	T	H	J	I	O	J	O	M	C	N	R	M
R	A	R	O	E	H	A	G	A	A	E	C	A	H
A	W	H	E	O	D	A	C	J	W	E	O	G	C
V	T	J	O	A	T	A	I	I	U	S	C	O	T
E	S	W	U	N	S	S	L	K	N	N	K	N	A
H	E	E	I	M	R	E	I	I	O	A	O	W	W
E	W	V	V	L	A	O	A	E	E	I	T	I	C
A	A	N	I	E	I	N	N	C	I	N	O	I	N
R	S	J	N	T	N	G	J	L	L	J	S	E	T
T	A	Y	N	J	A	Y	H	I	M	G	O	H	E
A	A	D	C	W	A	M	V	T	S	W	I	E	O
O	V	M	E	N	E	E	W	O	L	L	A	H	A

JAWS
BRAVEHEART
TITANIC
ROCKY
ALIEN
WATCHMEN

JUMANJT
TWILIGHT
ARMAGEDDON
JUNO
SAW
HALLOWEEN

ERAGON
EVITA
SEVEN
TOOTSIE
GREASE
HANCOCK

Mrs Doubtfire

I	R	H	O	U	S	E	K	E	E	P	E	R	O
E	E	D	P	M	N	D	A	D	N	A	R	I	M
E	C	C	P	R	R	M	T	P	R	D	F	U	M
I	K	O	B	S	K	U	I	S	E	E	M	E	M
T	U	L	U	D	I	K	U	K	S	K	S	H	N
T	S	D	S	O	D	L	D	H	C	H	R	I	S
A	A	R	S	U	I	P	E	D	A	N	I	E	L
N	N	M	E	B	V	U	P	M	A	N	N	I	C
L	I	A	N	T	O	E	N	E	E	P	G	Y	E
Y	K	S	N	F	R	K	S	T	U	A	R	T	S
D	C	K	I	I	C	A	H	I	L	L	A	R	D
I	A	D	U	R	E	M	T	R	U	C	K	U	T
E	K	L	G	E	E	E	L	I	I	R	U	S	I
F	E	E	I	E	U	P	H	E	G	E	N	I	A

CHRIS
MAKE-UP
MASK
CAKE
MIRANDA
HOUSEKEEPER

MAN
STUART
MRS DOUBTFIRE
LYDIE
NATTIE
DIVORCE

EUPHEGENIA
DANIEL
TRUCK
GUINNESS
HILLARD

Star Wars

P	E	A	E	C	H	E	W	B	A	C	C	A	T
A	E	U	B	H	T	I	S	W	O	D	T	O	O
S	M	S	A	S	K	A	E	I	O	S	R	S	O
K	P	O	D	E	A	T	H	S	T	A	R	A	B
Y	I	N	N	E	R	I	T	F	D	A	A	R	I
W	R	L	U	C	A	S	I	O	W	R	W	R	W
A	E	I	S	O	I	D	T	R	A	K	O	B	A
L	C	A	O	B	E	N	A	C	N	K	O	I	N
K	T	O	O	J	S	T	T	E	A	S	K	E	D
E	E	N	A	E	S	B	O	K	K	K	I	I	T
R	E	D	W	K	A	E	O	A	I	I	E	O	C
K	W	H	E	U	F	I	I	H	N	I	E	H	O
W	C	I	A	L	A	L	N	T	D	L	E	I	A
H	A	N	S	O	L	O	E	Y	O	D	A	O	B

KENOBI	ANAKIN	SITH	FORCE
YODA	EMPIRE	SKYWALKER	JEDI
DROID	TATOOINE	LUCAS	WOOKTEE
OBI-WAN	HAN SOLO	LEIA	LUKE
STAR WARS	CHEWBACCA	DEATH STAR	

Superheroes

R	I	R	N	A	S	U	P	E	R	M	A	N	D
A	S	A	A	N	M	P	A	R	O	B	I	N	S
A	B	A	T	M	A	N	A	Q	U	A	M	A	N
C	A	P	T	A	I	N	A	M	E	R	I	C	A
A	R	I	T	N	T	N	O	A	O	R	O	E	I
N	A	M	O	W	R	E	D	N	O	W	A	O	S
W	S	M	M	N	I	M	S	N	N	J	N	N	N
S	R	S	N	X	N	X	M	R	A	U	E	B	E
M	W	E	L	A	M	A	H	U	L	K	A	M	N
T	H	O	R	B	N	C	N	A	N	G	N	I	N
L	R	I	G	I	T	S	A	L	E	K	L	N	O
A	K	N	R	E	T	N	A	L	N	E	E	R	G
J	U	S	T	I	C	E	L	E	A	G	U	E	I
N	T	W	E	C	D	M	O	O	S	T	O	R	M

IRON MAN	X MEN	SUPERMAN	ROBIN
WONDER WOMAN	BATMAN	ELASTIGIRL	AQUAMAN
JUSTICE LEAGUE	HULK	STORM	
CAPTAIN AMERICA	GREEN	THOR	
	LANTERN		

The Hobbit Trilogy

I	S	R	H	A	N	L	Y	N	T	L	M	B	T
W	A	T	S	R	L	A	U	I	H	L	I	I	H
R	A	R	E	K	E	K	N	A	O	W	R	L	R
E	R	O	V	E	G	E	R	T	R	H	K	B	A
C	U	L	R	N	O	T	O	N	I	I	W	O	N
N	D	L	A	S	L	O	E	U	N	T	O	B	D
A	L	S	W	T	A	W	B	O	G	E	O	A	U
M	U	R	D	O	S	N	G	M	A	C	D	G	I
O	G	E	E	N	B	L	D	Y	N	O	G	G	L
R	L	R	E	E	O	R	B	L	D	U	O	I	S
C	O	E	A	B	G	O	R	E	A	N	Z	N	K
E	D	B	W	D	R	A	B	N	L	C	A	S	S
N	G	O	B	L	I	N	S	O	F	I	O	N	T
R	T	R	H	W	V	E	O	L	Z	L	E	N	S

LAKE-TOWN
TROLLS
WHITE COUNCIL
LEGOLAS
NECROMANCER

DOL GULDUR
BARD
DWARVES
LONELY
MOUNTAIN
THRANDUIL

BILBO
BAGGINS
GANDALF
EREBOR
MIRKWOOD
ARKENSTONE

BOLG
BEORN
AZOG
GOBLINS
THORIN

Titanic

A	N	B	E	L	F	A	S	T	T	F	U	L	L
C	I	P	M	Y	L	O	E	O	I	S	D	I	F
N	S	W	H	I	T	E	S	T	A	R	E	F	I
P	G	S	C	M	I	C	O	I	R	A	P	E	R
O	R	C	A	A	O	C	H	E	A	T	P	J	S
O	E	R	N	L	B	L	T	C	F	P	A	A	T
R	B	E	N	I	C	I	L	G	I	A	R	C	C
O	E	W	T	S	A	D	N	Y	E	R	T	K	L
O	C	S	D	W	I	E	R	C	B	A	P	E	A
T	I	H	T	I	T	A	N	I	C	R	S	T	S
M	U	S	I	C	I	A	N	L	H	E	O	N	S
B	R	U	C	E	I	S	M	A	Y	T	P	W	A
B	E	N	G	I	N	E	R	O	O	M	T	T	N
R	M	O	O	R	G	N	I	K	O	M	S	C	R

WAITER	OLYMPIC	TITANIC	WHITE
THIRD CLASS	BELFAST	SMOKING ROOM	STAR
MOLLY BROWN	LIFEJACKET	MUSICTAN	RICH
TRAPPED	BRUCE ISMAY	ICEBERG	CREW
FIRST CLASS	ENGINE ROOM	POOR	CABIN

Twilight

I	R	U	T	L	O	V	E	S	O	L	R	I	R
C	S	R	T	J	A	C	O	B	G	T	L	B	A
B	O	R	H	C	B	J	N	R	K	C	A	L	B
L	B	K	G	R	W	V	D	D	A	E	L	M	S
A	W	E	I	D	L	O	N	A	W	R	I	A	C
A	K	P	L	T	V	L	O	A	E	G	W	I	U
F	R	U	I	A	C	T	O	L	R	U	J	R	L
D	R	A	W	D	E	E	M	I	E	R	B	O	L
O	R	W	T	V	S	R	W	R	W	I	E	T	E
T	E	G	R	O	W	R	E	E	O	I	L	C	N
T	O	I	B	T	A	A	N	L	L	L	L	I	I
A	I	E	I	E	N	E	N	I	F	I	A	V	T
B	R	E	A	K	I	N	G	D	A	W	N	M	I
V	A	M	P	I	R	E	S	N	O	S	A	G	A

NEW MOON

EDWARD

BELLA

WEREWOLF

CULLEN

BREAKING DAWN

JACOB

VOLTERRA

TWILIGHT

SWAN

BLACK

VOLTURI

VAMPIRES

VICTORIA

SAGA

Wizard

W	A	E	A	U	N	T	E	M	H	S	C	W	L
I	E	I	R	U	R	D	N	K	Y	A	U	I	C
C	D	U	N	E	U	A	T	E	D	N	N	Z	G
K	K	O	T	T	K	L	K	I	A	I	C	A	E
E	D	A	R	W	Z	N	I	M	D	T	L	R	D
D	W	Y	Y	O	O	M	N	E	N	E	E	D	D
W	A	R	N	M	T	I	U	L	G	M	H	A	N
I	G	B	U	M	T	H	S	T	L	A	E	E	A
T	J	L	U	B	A	I	Y	I	I	I	N	R	L
C	O	J	U	D	Y	O	A	N	N	U	R	N	R
H	N	T	N	W	B	T	R	G	D	Y	Y	R	A
P	N	M	O	S	U	N	A	E	A	C	S	S	G
U	O	K	K	I	N	S	L	I	P	P	E	R	S
C	A	T	M	U	N	C	H	K	I	N	S	O	I

WIZARD
MONKEYS
MUNCHKINS
UNCLE HENRY
GLINDA
TOTO

SLIPPERS
GALE
DOROTHY
WICKED WITCH
WATER
GARLAND

NIKKO
JUDY
AUNT EM
MELTING
RUBY
TIN MAN

SITCOMS

The Big Bang Theory

T	N	E	B	R	A	S	K	A	S	A	O	I	A
S	S	N	T	G	S	S	Y	N	N	E	P	Y	C
I	Z	C	A	L	T	E	C	H	B	L	M	B	O
T	E	O	T	I	L	A	B	C	A	A	A	I	Y
N	H	O	W	A	R	D	E	N	Z	I	D	G	T
E	E	A	N	P	S	R	T	H	I	D	E	B	R
I	S	N	R	T	Z	I	S	S	N	C	S	A	A
C	H	T	H	E	O	R	Y	E	G	O	C	N	U
S	P	A	C	E	A	Y	N	J	A	Y	I	G	T
P	A	S	A	D	E	N	A	A	G	T	S	T	S
N	A	W	N	S	B	C	C	R	A	A	Y	A	L
I	E	A	O	D	R	A	N	O	E	L	H	E	G
C	O	L	T	S	C	I	E	N	C	E	P	E	S
E	A	G	E	S	L	Z	T	I	W	O	L	O	W

PHYSICS
LEONARD
BAZINGA
NEBRASKA
PASADENA
BIG BANG

SCIENCE
RAJESH
PENNY
THEORY
WOLOWITZ
STUART

HOWARD
AMY
OCD
CALTECH
SPACE
SCIENTIST

Types of Food

T	C	B	U	R	G	E	R	S	L	M	A	H	S
N	A	S	O	O	H	O	T	D	O	G	O	S	D
O	S	F	A	H	D	N	U	T	N	T	O	D	C
O	S	S	G	F	R	U	I	T	I	T	S	D	N
D	E	P	G	S	G	O	D	T	O	H	A	K	S
L	R	E	N	N	I	D	V	T	N	I	A	D	L
E	O	G	S	E	C	O	I	D	A	E	D	V	L
S	L	H	A	R	B	F	K	D	T	L	O	L	O
A	E	E	L	A	A	U	C	S	A	O	O	D	R
N	G	T	A	F	R	D	T	E	R	I	F	A	P
U	U	T	D	U	S	A	I	T	R	R	T	H	O
T	K	I	H	I	I	S	C	S	E	E	S	L	O
O	K	R	O	P	T	M	O	L	H	R	A	A	N
R	G	R	A	V	Y	E	E	S	H	D	F	L	H

ONION	BUTTER	CEREAL	SPEGHETTI
BURGERS	FAST FOOD	GRAVY	NOODLES
ROLLS	RADISH	SALAD	HOTDOGS
TV DINNER	CASSEROLE	HAM	PORK
STEAK	TUNA	FRUIT	HOT DOG

Friends

R	E	H	T	N	U	G	S	G	N	S	O	A	E
P	H	O	E	B	E	W	R	E	E	C	B	O	A
S	N	E	W	Y	O	R	K	L	E	L	E	L	P
S	S	O	R	T	E	C	I	L	R	L	W	L	A
D	F	R	I	E	N	D	S	E	G	A	T	E	R
N	F	M	O	N	I	C	A	R	I	W	U	H	T
C	H	A	N	D	L	E	R	T	E	C	B	C	M
W	N	S	R	T	T	C	R	E	T	B	T	A	E
X	O	C	Y	E	N	E	T	R	U	O	C	R	N
L	C	O	E	E	S	U	B	U	F	F	A	Y	T
Y	E	O	J	S	A	N	I	S	T	O	N	Y	W
M	A	T	T	L	E	B	L	A	N	C	W	H	G
O	L	I	S	A	K	U	D	R	O	W	E	F	A
U	O	E	L	B	I	N	G	R	T	M	S	C	U

WAITRESS	RACHEL	GREEN
GELLER	BING	JOEY
PHOEBE	MATT LEBLANC	NEW YORK
COURTENEY COX	ANISTON	BUF FAY
FRIENDS	GUNTHER	MONICA
CHANDLER	APARTMENT	
LISA KUDROW	ROSS	

How I Met Your Mother

M	M	A	N	H	A	T	T	A	N	E	R	S	R
O	L	E	S	G	G	D	L	R	L	G	K	Y	R
S	E	A	C	N	M	A	R	S	H	A	L	L	C
B	R	E	H	I	A	T	I	N	I	R	D	L	A
Y	R	P	E	V	L	C	T	L	S	R	L	A	M
S	E	R	R	I	B	E	B	Y	R	O	B	I	N
T	Y	E	B	G	I	T	L	A	R	T	P	S	I
I	W	S	A	S	H	I	N	L	R	R	D	E	T
N	A	E	T	P	N	H	N	L	S	N	B	T	I
S	L	N	S	A	V	C	D	Y	I	A	E	S	S
O	N	T	K	L	M	R	A	K	R	L	R	Y	I
N	A	E	Y	S	R	A	H	Y	A	A	Y	T	B
L	E	R	T	E	A	C	H	E	R	B	I	L	H
L	B	M	N	A	A	E	R	I	K	S	E	N	R

SCHERBATSKY	PRESENTER	ARCHITECT
TEACHER	TED	LAWYER
SLAPSGIVING	STINSON	MARSHALL
ROBIN	MANHATTAN	ALDRIN
BARNEY	ERIKSEN	
LILY	MOSBY	

Modern Family

H	F	L	R	M	L	L	I	K	L	C	R	C	I
Y	I	G	M	E	O	V	Y	L	Y	A	E	O	L
O	E	L	H	K	A	D	E	N	A	P	O	J	A
R	V	Y	R	U	Y	A	E	R	N	I	U	E	M
L	E	A	M	L	L	X	A	R	G	A	L	E	E
A	R	O	P	I	G	U	I	I	N	A	M	E	A
E	A	G	I	L	I	L	R	C	H	T	R	L	L
A	Y	L	I	M	A	F	O	A	L	A	I	A	E
M	I	T	C	H	E	L	L	M	N	C	L	U	X
H	Y	O	L	A	Y	I	G	E	A	L	M	E	A
N	E	L	L	R	M	A	R	R	L	A	Y	A	Y
N	N	M	I	P	H	I	L	O	Y	I	A	E	L
L	U	R	F	L	H	N	Y	N	D	R	Y	Y	V
I	Y	A	J	H	Y	R	E	E	A	E	A	M	E

JAY
CAMERON
MANNY
FAMILY
LUKE

MODERN
LILY
PHIL
ALEX
MITCHELL

CLAIRE
HALEY
GLORIA
DYLAN
VERGARA

Two and a Half Men

H	M	P	I	A	N	O	L	H	C	K	R	H	R
P	T	R	M	E	N	O	H	E	H	M	B	R	S
I	E	R	A	O	T	E	E	R	A	H	E	R	C
E	H	E	L	A	L	A	N	B	R	A	R	E	H
T	E	R	I	E	E	C	E	E	L	R	T	K	M
A	C	C	B	A	C	K	E	R	I	P	A	N	I
H	S	S	U	B	A	U	A	T	E	E	J	H	D
R	E	A	I	J	I	I	E	P	R	R	K	B	T
C	H	U	C	K	L	O	R	R	E	A	R	C	C
R	R	O	T	C	A	R	P	O	R	I	H	C	R
N	Y	L	E	V	E	D	D	S	C	T	C	L	N
P	B	U	R	B	E	A	C	E	B	S	P	L	C
U	U	E	D	I	N	E	D	L	A	W	A	C	B
B	E	A	C	H	H	O	U	S	E	U	E	O	E

CHIROPRACTOR   SCHMIDT   ALAN
BERTA   ROSE   CHARLIE
JAKE   BEACH HOUSE   MALIBU
HERBERT   EVELYN   CHUCK LORRE
WALDEN   PIANO   HARPER

SPORTS

Athletics Training

P	H	Y	S	I	O	L	O	G	Y	K	R	U	S
M	C	F	D	D	O	I	N	R	J	O	E	O	K
U	A	U	T	S	D	E	T	E	O	T	E	O	E
S	I	N	K	C	A	R	T	R	I	Y	R	K	L
C	D	C	E	U	O	E	T	F	N	G	A	E	E
L	R	T	E	S	D	L	I	A	T	A	C	N	T
E	A	I	S	T	R	E	N	I	A	R	T	F	A
S	C	O	A	N	L	L	T	N	E	L	E	A	L
C	L	N	S	D	A	S	C	H	O	O	L	T	E
K	S	S	E	E	D	E	G	R	E	E	E	H	U
T	N	I	I	S	H	O	N	D	I	E	H	L	S
K	N	E	E	R	S	B	O	N	E	S	A	E	E
C	O	E	E	A	N	A	T	O	M	Y	E	T	O
O	E	S	N	S	T	A	U	P	T	H	I	E	B

FIELD	MUSCLES	TRACK	JOINT
SKELETAL	KNEE	FUNCTIONS	CAREER
DEGREE	TRAINER	SCHOOL	ANATOMY
ATHLETE	CARDIAC	BONES	PHYSIOLOGY

Cricket Teams

T	E	G	A	U	S	T	R	A	L	I	A	D	S
A	A	E	W	B	A	B	M	I	Z	I	T	N	D
S	S	O	U	T	H	A	F	R	I	C	A	A	N
W	M	O	D	A	D	S	E	E	E	G	K	T	A
G	N	W	E	A	A	D	R	R	S	A	A	S	L
B	T	U	I	N	D	I	A	I	R	S	A	I	T
D	N	A	L	E	R	I	W	T	L	A	E	K	O
A	S	E	C	C	N	I	A	S	K	A	R	A	C
N	E	W	Z	E	A	L	A	N	D	E	N	P	S
I	B	A	N	G	L	A	D	E	S	H	N	K	L
R	I	D	D	N	A	L	G	N	E	N	A	S	A
S	S	D	N	A	L	R	E	H	T	E	N	A	P
A	N	D	W	E	S	T	I	N	D	I	E	S	E
A	F	G	H	A	N	I	S	T	A	N	A	A	N

ENGLAND	SCOTLANDS	PAKISTAN	NEPAL
SOUTH	NETHERLANDS	IRELAND	U.A.E
AFRICA	ZIMBABWE	WEST INDIES	BANGLADESH
SRI LANKA	INDIA	AUSTRALIA	AFGHANISTAN
NEW			
ZEALAND			

Cricket Terms

G	N	I	H	C	T	A	C	Y	L	G	O	O	G
O	I	N	S	F	N	L	E	G	B	R	E	A	K
B	A	L	L	S	I	L	L	Y	P	O	I	N	T
A	F	I	E	E	Y	C	T	U	O	N	U	R	C
F	R	E	N	E	P	O	R	S	R	E	V	O	E
N	O	N	M	B	O	U	N	D	A	R	Y	U	S
B	N	U	N	S	F	B	S	T	E	K	C	I	W
O	R	N	R	E	N	N	I	P	S	F	F	O	L
W	W	I	C	K	E	T	K	E	E	P	E	R	N
L	R	F	K	G	F	I	E	L	D	S	M	A	N
E	I	C	R	N	A	M	A	N	I	H	C	A	F
R	I	N	A	M	S	D	N	U	O	R	G	R	H
R	S	I	X	N	N	I	A	T	P	A	C	E	E
M	I	D	W	I	C	K	E	T	G	C	S	D	G

OFFSPINNER   OPENER   WICKETKEEPER WICKETS
SILLYPOINT   MIDWICKET   CATCHING   SIX
CHINAMAN   RUNOUT   LEGBREAK   OVERS
CAPTAIN   FIELDSMAN   BOUNDARY   BALL
BOWLER   GROUNDSMAN   FOUR   GOOGLY

Football Positions

E	E	E	T	R	C	U	E	L	I	E	E	D	W
R	R	K	T	E	H	E	A	R	E	Q	L	E	I
T	E	E	C	F	A	N	R	E	I	U	K	F	D
I	L	K	T	A	C	D	R	D	T	A	C	E	E
G	B	E	C	N	B	D	B	E	T	R	A	N	R
H	A	I	F	A	E	L	B	R	E	T	T	S	E
T	A	C	L	T	B	C	L	S	R	E	T	I	C
E	E	P	B	H	T	E	T	U	E	R	H	V	E
N	Q	U	D	S	D	A	N	A	F	B	G	E	I
D	N	N	T	A	C	L	C	I	E	A	I	E	V
T	R	T	U	F	T	T	R	K	L	C	R	N	E
R	E	E	U	E	R	C	G	A	L	K	F	D	R
R	R	R	A	T	E	U	I	C	E	E	E	V	D
K	A	K	T	Y	S	Q	A	T	I	N	C	R	N

SAFETY   RIGHT TACKLE   DEFENSIVE END
LINEBACKER   CENTER   FULLBACK
QUARTERBACK   PUNTER   TIGHT END
WIDE RECEIVER   LEFT TACKLE

Gymnastics

R	A	G	N	I	N	O	I	T	I	D	N	O	C
E	O	I	B	A	R	S	R	M	E	E	T	S	I
V	E	S	L	E	V	E	L	L	U	K	A	T	S
O	S	D	I	S	M	O	U	N	T	B	A	I	N
K	E	P	O	I	N	T	E	D	T	O	E	S	V
L	G	R	E	V	O	K	L	A	W	K	C	A	B
A	D	B	S	U	E	E	B	R	I	R	F	R	M
W	U	P	U	N	I	H	C	O	I	O	O	L	G
T	J	A	L	E	I	R	A	U	N	U	N	N	N
N	V	E	R	O	O	L	F	T	S	N	I	U	O
O	A	U	R	M	F	O	S	I	P	D	J	O	R
R	U	L	O	O	W	M	C	N	I	O	O	O	T
F	L	V	C	A	C	O	S	E	R	F	T	P	S
N	T	F	L	I	P	S	S	R	F	F	A	N	B

BARS	ARTEL	RIPS	FLOOR
BACKWALKOVER	FRONTWALKOVER	FLIP	STRONG
JUDGES	ROUNDOFF	DISMOUNT	BEAM
CONDITIONING	POINTEDTOES	LEVELS	VAULT
ROUTINE	SCORE	MEETS	CHINUP

Indoor and Outdoor Games

N	P	C	C	C	X	D	U	G	L	Z	A	R	O
B	L	O	S	I	S	C	I	A	L	R	N	E	B
U	P	M	K	S	L	S	S	B	A	S	Z	S	A
N	K	P	D	U	P	C	R	O	B	E	H	I	S
G	S	U	M	M	E	R	B	A	T	L	O	C	E
E	E	T	Y	O	I	E	I	R	E	Z	L	R	B
E	E	E	A	G	A	O	C	D	K	Z	I	E	A
J	G	R	T	K	R	Y	G	S	U	D	X	L
U	N	S	K	A	U	A	C	A	A	P	A	E	L
M	I	O	E	Z	R	T	L	M	B	N	Y	A	E
P	P	C	C	U	A	A	E	E	A	I	M	A	B
I	M	C	R	C	A	A	K	S	Z	A	Y	I	E
N	A	E	E	M	O	V	I	E	S	R	A	K	S
G	C	R	N	K	A	Y	A	K	I	N	G	U	O

BICYCLE	MOVIES	BUNGEE
HOLIDAY	PUZZLES	JUMPING
EXERCISE	COMPUTER	SOCCER
KARATE	CAMPING	KAYAKING
BASEBALL	SUMMER	MUSIC
BOARDGAMES	BASKETBALL	RAIN

Olympics

S	C	I	T	S	A	N	M	Y	G	S	G	C	I
I	E	G	W	I	N	T	E	R	W	K	L	Y	C
V	O	L	L	E	Y	B	A	L	L	I	L	C	E
C	N	O	T	N	I	M	D	A	B	J	A	L	H
S	C	I	T	E	L	H	T	A	C	U	B	I	O
S	P	M	U	J	G	N	O	L	D	M	T	N	C
S	L	G	N	I	M	M	I	W	S	P	E	G	K
T	K	O	L	Y	M	P	I	C	S	N	K	R	E
T	T	E	T	E	N	N	I	S	W	S	S	E	Y
L	B	B	L	T	G	N	I	V	I	D	A	M	T
G	Y	U	L	E	L	L	M	M	E	M	B	M	P
A	G	O	L	F	T	O	I	C	G	G	E	U	S
L	L	A	B	T	O	O	F	Y	U	Y	C	S	T
G	N	I	L	R	U	C	N	S	L	I	T	M	L

LONGJUMP   GYMNASTICS   WINTER   FOOTBALL
SKELETON   SWIMMING   BADMINTON   LUGE
SUMMER   ICEHOCKEY   VOLLEYBALL   CURLING
GOLF   BASKETBALL   DIVING   SKI JUMP
ATHLETICS   OLYMPICS   CYCLING   TENNIS

Associated with Sport

S	T	C	L	O	O	H	C	S	L	B	R	S	C
W	R	U	R	L	C	C	O	A	C	H	T	E	B
A	A	S	A	C	Y	P	G	S	B	R	O	A	L
R	C	H	S	C	C	T	R	R	N	U	Y	T	E
S	K	T	L	Y	L	N	O	A	L	N	H	S	A
D	C	A	A	N	I	G	A	L	E	N	U	L	C
L	R	P	V	R	N	N	D	L	R	I	C	F	H
E	A	A	I	E	G	I	S	Y	I	N	S	E	E
I	N	R	R	F	L	X	G	U	P	G	C	R	R
F	E	D	S	E	N	O	I	N	M	I	E	A	S
E	R	T	N	R	N	B	H	E	U	E	I	A	O
I	A	M	E	E	T	S	A	R	Y	R	C	N	T
M	B	A	S	E	B	A	L	L	E	T	A	B	W
H	E	G	N	I	L	T	S	E	R	W	L	T	R

RALLY	PATHS	CYCLING	FIELD
REFEREE	BASEBALL	UMPIRE	COACH
FUN	ROADS	WRESTLING	RIVALS
TRACK	SCHOOL	RUNNING	MEETS
BLEACHERS	BOXING	ARENA	SEATS

Summary Olympics

J	L	P	W	A	T	E	R	P	O	L	O	O	D
O	B	L	R	O	W	I	N	G	N	L	N	P	H
I	A	L	F	B	P	O	E	C	G	E	B	M	X
T	D	I	I	E	E	X	A	Y	A	D	E	U	O
Y	M	H	O	C	N	B	C	O	T	T	D	J	N
R	I	G	I	F	A	C	Y	A	W	R	I	G	I
F	N	I	N	G	L	I	I	M	O	I	V	N	L
B	T	C	V	X	H	O	G	N	Y	A	I	O	E
I	O	Y	O	N	T	J	G	N	G	T	N	L	V
J	N	I	H	I	B	G	U	B	I	H	G	W	A
U	O	N	O	T	F	M	H	M	D	L	I	R	J
D	J	U	N	V	I	C	A	U	P	O	C	G	X
O	L	A	R	C	H	E	R	Y	N	N	M	Y	D
N	Y	X	R	L	M	B	B	O	X	I	N	G	C

DIVING
FENCING
HIGH JUMP
WATER POLO
GOLF

ARCHERY
JUDO
JAVELIN
LONG JUMP
BADMINTON

BOXING
TRIATHLON
CYCLING
BMX
ROWING

Track and Field

C	I	S	P	I	K	E	S	U	S	F	D	O	R
F	I	H	S	I	N	I	F	J	T	S	T	T	F
O	Y	T	R	I	P	L	E	A	L	H	F	O	O
U	L	R	D	M	O	P	O	V	U	O	O	A	U
R	O	A	F	I	D	O	Y	I	A	T	U	T	R
B	B	U	I	L	I	N	T	L	V	P	R	W	B
Y	N	U	R	E	S	E	W	E	E	U	B	O	Y
F	I	L	A	Y	C	H	H	N	L	T	Y	H	T
O	U	S	O	N	U	U	U	A	O	L	O	U	W
U	T	T	U	N	S	N	R	I	P	L	N	N	O
R	E	A	J	A	G	D	D	L	E	P	E	D	I
T	A	R	T	E	T	R	L	E	R	A	T	R	E
N	M	T	T	U	P	E	E	F	S	N	F	E	R
Y	A	L	E	R	N	D	S	D	N	T	U	D	T

FOUR BY FOUR
SHOT PUT
FOUR BY ONE
FOUR BY TWO
TWO HUNDRED
RUN
ONE HUNDRED

DISCUS
SPIKES
JAVILEN
TRIPLE
HURDLES
RELAY
POLE VAULT

MILE
TEAM
LONG
START
FINISH

FOOD AND DRINKS

Popular American Foods

S	T	S	E	F	E	R	S	T	U	N	O	D	D
K	U	R	A	A	E	A	T	D	R	S	P	U	E
C	G	E	C	F	F	A	N	F	A	I	O	C	N
U	O	G	B	H	F	A	C	P	W	L	O	A	E
B	D	R	A	H	O	A	Z	Z	I	P	A	H	K
R	T	U	C	F	C	C	S	C	D	N	N	S	C
A	O	B	O	G	D	T	O	C	Z	G	O	R	I
T	H	N	N	S	E	S	T	L	O	K	F	C	H
S	H	F	N	C	C	A	S	C	A	E	L	S	C
O	U	F	D	E	I	O	C	O	N	T	G	D	D
O	N	I	H	C	I	P	P	A	R	F	E	K	E
P	A	O	D	L	D	S	A	U	S	A	G	E	I
A	D	F	R	E	N	C	H	F	R	I	E	S	R
S	E	L	F	F	A	W	A	K	I	I	B	G	F

FRIED CHICKEN   FRENCH FRIES
ICED COFFEE   SALAD
FRAPPICHINO   DONUTS
SAUSAGE   STARBUCKS
CHOCOLATE   BACON
BURGERS   WAFFLES
HOTDOG   PIZZA

Breakfast

F	U	M	T	E	E	D	A	L	A	M	R	A	M
N	O	C	A	B	B	A	N	A	N	A	R	B	C
R	A	I	N	L	E	N	L	C	C	U	E	M	E
S	J	E	O	L	O	A	C	A	S	E	A	T	N
G	A	D	T	O	A	S	T	R	E	M	G	U	U
G	M	B	Y	O	G	U	R	T	N	R	E	U	B
E	O	T	E	T	C	M	N	T	E	J	E	R	L
L	T	S	N	C	T	U	M	E	R	U	N	C	N
R	E	T	T	U	B	A	B	T	A	N	U	A	L
O	J	E	E	A	T	A	J	D	A	M	B	Y	F
R	E	A	N	E	M	I	L	K	L	T	Y	K	L
A	L	E	E	E	C	I	U	J	B	C	M	C	D
B	L	O	B	M	U	E	S	L	I	C	I	C	N
T	Y	S	L	C	O	R	N	F	L	A	K	E	S

BACON   EGGS
YOGURT   MARMALADE
JUICE   BUTTER
CEREAL   BANANA
CORNFLAKES   MUESLI
MILK   JELLY
TOAST   JAM

Cheese

H	R	C	E	A	M	U	N	S	T	E	R	U	E
M	T	H	P	A	R	M	E	S	A	N	A	Y	W
M	I	E	U	A	N	A	C	I	R	E	M	A	E
O	H	D	R	G	A	J	A	E	Y	H	E	D	N
N	A	D	M	H	W	T	W	L	E	C	S	U	S
T	R	A	E	H	D	O	E	A	O	H	E	O	L
E	K	R	T	J	C	O	T	T	A	G	E	G	E
R	O	G	R	L	I	S	A	S	A	N	H	I	Y
E	R	I	C	O	T	T	A	M	M	E	C	T	D
Y	M	S	W	I	S	S	N	I	A	E	O	R	A
J	S	A	M	M	E	T	H	I	C	R	H	A	L
A	M	M	T	S	A	E	R	O	N	E	C	V	E
C	A	I	M	E	A	D	L	S	H	S	A	A	E
K	B	L	U	E	C	H	E	E	S	E	N	H	M

COTTAGE

CHEDDAR

EDAM

NACHO CHEESE

MONTEREY JACK

HAVARTI

RICOTTA

PARMESAN

GOUDA

SWISS

BLUE CHEESE

WENSLEYDALE

MUNSTER

AMERICAN

Types of Chili Pepper

O	T	O	C	O	R	F	A	T	A	L	I	I	N
N	R	I	R	E	S	H	I	S	H	I	T	O	E
T	O	A	N	C	A	F	E	E	E	T	R	F	T
E	L	C	N	I	A	S	P	O	O	S	J	B	A
N	H	N	A	E	C	Y	E	H	R	A	N	B	S
N	N	A	S	J	C	N	E	R	O	R	U	E	U
O	M	P	B	P	A	O	O	N	R	I	D	O	D
B	N	E	B	A	T	L	A	R	N	A	E	R	E
H	N	A	C	S	N	L	A	T	E	E	N	N	M
C	I	I	T	O	B	E	N	P	O	P	O	O	T
T	P	B	I	O	E	C	R	E	E	E	P	A	P
O	N	A	P	S	O	E	T	O	O	N	R	E	N
C	O	C	S	A	B	A	T	A	N	B	O	S	P
S	S	N	F	R	E	S	N	O	T	O	M	N	O

HABANERO
MEDUSA
SERRANO
POBLANO
SHISHITO
CAYENNE
SCOTCH BONNET

JALAPENO
FATALITI
TABASCO
FRESNO
PEPPERONCINI
ROCOTO

Oh, Nuts!

B	U	P	P	I	S	T	A	C	H	I	O	H	A
E	P	E	W	P	T	U	N	O	C	O	C	H	I
O	N	A	A	D	P	L	Z	I	P	N	B	D	M
U	T	N	L	T	E	C	H	P	N	T	R	C	A
H	A	U	N	P	C	H	P	A	A	I	A	C	D
P	A	T	U	T	A	W	A	E	I	T	Z	T	A
T	I	L	T	N	N	T	U	N	E	N	I	P	C
A	U	T	H	A	Z	E	L	N	U	T	L	N	A
I	T	N	E	R	P	O	T	A	H	N	N	C	M
E	T	A	A	E	N	E	O	A	T-	N	U	T	N
E	P	N	P	L	C	A	S	H	E	W	T	H	W
T	A	I	T	Z	O	A	W	A	A	O	I	A	K
U	T	L	A	I	N	K	T	D	N	O	M	L	A
A	O	T	U	N	T	S	E	H	C	C	D	P	N

MACADAMIA

PECAN

BRAZIL NUT

COCONUT

CHESTNUT

KOLA NUT

HAZELNUT

CASHEW

PISTACHIO

PINE NUT

ALMOND

PEANUT

PEPITA

WALNUT

Cookies

E	A	O	R	E	O	P	E	A	C	H	F	O	A
L	A	C	E	C	O	O	K	I	E	S	F	E	C
S	M	O	R	E	S	A	R	N	I	S	I	A	R
N	T	E	L	P	P	A	A	A	P	E	A	R	I
D	R	U	G	E	L	A	C	H	L	E	O	D	E
S	O	M	A	S	U	O	M	A	F	M	R	G	C
L	A	E	M	T	A	O	K	E	H	M	O	N	A
E	E	S	H	O	R	T	B	R	E	A	D	N	O
E	L	D	O	O	D	R	E	K	C	I	N	S	D
E	U	G	N	I	R	E	M	M	I	L	A	N	O
F	R	E	N	C	H	M	A	C	A	R	O	N	G
E	P	N	E	M	S	S	E	H	C	A	A	S	S
M	M	A	R	Z	I	P	A	N	R	C	R	S	O
E	E	S	P	I	C	E	C	O	O	K	I	E	S

ALMOND
SNICKERDOODLE
OREO
SMORES
MERINGUE
LACE COOKIES
SPICE COOKIES

MARZIPAN
FAMOUS AMOS
PEACH
CHESSMEN
OATMEAL
PEAR
SHORTBREAD

FRENCH
MACARON
APPLE
RUGELACH
RAISIN
MILANO

Cooking Terms

E	I	M	E	Z	E	E	R	F	E	A	A	L	E
R	B	E	D	N	E	L	B	C	L	S	U	F	R
I	O	O	I	S	S	B	I	E	P	Y	B	N	T
T	I	B	A	R	G	H	E	I	A	A	E	O	S
U	L	R	S	T	E	A	M	F	R	E	A	T	L
M	A	E	R	C	E	M	B	A	E	I	T	F	O
A	N	H	A	K	E	E	R	A	O	S	E	I	K
C	I	M	I	X	H	L	T	O	S	S	P	S	D
P	T	S	T	I	E	T	A	R	G	Y	E	L	W
Z	U	B	T	B	A	K	E	H	A	W	L	E	T
E	C	S	E	L	G	C	H	O	P	I	I	W	P
S	B	P	M	Y	R	F	L	R	R	E	A	H	B
R	H	E	N	T	P	R	S	G	G	R	L	I	M
C	O	G	B	O	H	M	T	T	L	K	F	P	E

STEAM	SIFT	CUT IN
PARE	TOSS	MELT
BEAT	BAKE	MIX
BOIL	CHOP	GRATE
BLEND	CREAM	WHIP
FRY	GRILL	FREEZE

Diabetes Foods

U	B	R	O	C	C	O	L	I	M	I	L	K	A
O	S	E	L	P	P	A	T	O	L	T	D	O	C
C	B	N	D	E	U	T	L	E	G	U	L	H	A
Y	E	E	R	B	S	B	O	A	L	U	I	V	V
S	O	V	E	K	E	T	L	E	E	C	C	E	O
T	Y	G	I	F	E	H	E	H	K	M	C	E	C
U	O	E	U	B	D	T	B	E	R	K	T	M	A
N	T	B	L	R	S	E	N	E	C	C	L	A	D
A	U	F	E	R	T	O	F	S	R	F	S	E	O
L	R	T	E	A	A	O	R	I	O	R	Y	T	O
I	K	S	M	U	N	B	S	E	S	B	I	O	C
L	E	L	E	G	H	S	P	K	G	H	E	E	E
C	Y	O	L	I	V	E	O	I	L	G	S	A	S
I	O	U	B	O	C	A	R	R	O	T	S	C	C

BERRIES   NUTS   AVOCADO
SEEDS   APPLES   BFFF
OLIVE OIL   OATMEAL   BARLEY
BEANS   CARROTS   FISH
BROCCOLI   YOGURT   MILK
TURKEY   CHICKEN   EGGS

Eating Utensils

S	S	K	F	G	O	K	A	L	L	S	P	E	A
Y	T	R	R	I	I	E	R	U	A	L	Y	E	C
R	L	U	C	L	N	N	E	N	A	D	B	N	P
E	G	L	A	S	S	G	S	T	A	N	L	I	I
L	S	E	U	O	A	A	E	P	E	P	T	E	P
T	U	F	P	T	F	R	U	R	U	L	K	K	O
U	S	I	O	S	I	N	C	B	A	E	I	U	
C	O	N	T	N	O	O	P	S	E	O	I	K	N
U	O	K	S	S	U	E	N	I	T	R	W	O	I
S	K	F	A	I	F	T	A	C	L	K	T	L	N
S	U	N	K	L	L	N	P	S	K	L	R	T	N
G	F	S	R	N	L	T	E	R	A	R	C	P	N
C	U	E	O	P	T	A	A	L	U	T	A	P	S
N	O	L	F	T	O	C	U	P	P	O	T	P	L

PLATE

FORK

POT

SAUCER

PAN

SPATULA

FINGERBOWL

GLASS

SPOON

LADLE

KNIFE

NAPKIN

CUTLERY

CUP

Flavour

E	M	A	N	G	O	V	A	N	I	L	L	A	B
E	H	E	V	E	T	A	L	O	C	O	H	C	L
F	N	A	C	I	N	N	A	M	O	N	L	A	U
F	C	N	Z	A	A	N	I	S	E	E	D	A	E
O	F	L	I	L	F	S	B	L	H	A	E	E	B
T	R	Y	R	R	E	B	K	C	A	L	B	M	E
U	O	N	A	E	E	N	L	T	N	O	A	I	R
C	L	N	O	E	T	E	U	A	L	E	N	N	R
O	N	E	L	R	Y	G	B	T	Y	S	A	T	Y
N	F	A	M	H	R	N	Y	A	A	O	N	E	N
C	E	B	O	O	O	A	R	L	H	R	A	N	I
A	N	E	L	N	N	R	Y	B	E	F	B	G	N
O	E	C	E	R	U	O	N	C	O	F	F	E	E
L	I	Q	U	O	R	I	C	E	C	B	A	L	R

ROSE

LEMON

HAZLENUT

VANILLA

ORANGE

MINT

ANTSEED

BLUEBERRY

LIQUORICE

MANGO

CHOCOLATE

TOFFEE

BLACKBERRY

COFFEE

BANANA

CINNAMON

Types of Fruits

Q	P	M	O	U	U	E	P	E	A	R	R	R	H
C	Y	U	R	P	N	A	O	E	G	R	A	P	E
U	B	B	A	T	O	N	O	H	Y	O	C	P	A
E	O	A	N	O	L	L	E	C	O	P	L	U	M
R	C	N	G	L	E	E	V	Y	T	M	A	A	O
P	V	A	E	E	M	M	L	L	M	E	N	U	G
R	A	N	A	M	P	O	T	O	M	A	T	O	C
E	A	A	G	O	M	N	C	Y	M	A	N	G	O
L	A	N	P	P	A	E	T	A	D	L	T	O	A
P	S	T	R	A	W	B	E	R	R	Y	E	R	E
P	R	A	C	Y	B	C	H	E	R	R	Y	M	M
A	U	M	A	A	T	A	U	Q	M	U	K	O	I
A	E	T	A	N	A	R	G	E	M	O	P	R	L
A	V	A	U	G	S	T	U	N	O	C	O	C	E

KUMQUAT
LEMON
LIME
DATE
LYCHEE
BANANA
MANGO

TOMATO
POMELO
MELON
PLUM
STRAWBERRY
GUAVA
PEAR

APPLE
POMEGRANATE
GRAPE
CHERRY
COCONUT
ORANGE

Herbal and Species

E	N	U	T	M	E	G	A	L	L	I	N	A	V
T	S	C	H	I	V	E	S	S	N	V	A	Y	P
R	E	E	U	G	N	N	P	H	N	I	M	N	A
N	P	Y	A	B	N	I	A	M	N	O	S	T	R
A	E	M	N	N	Y	T	N	V	A	L	A	H	S
I	P	O	R	O	R	E	G	A	N	O	A	Y	L
E	P	G	L	C	I	S	B	A	S	I	L	M	E
S	E	E	O	L	A	O	E	C	S	A	E	E	Y
A	R	N	Y	N	O	G	A	R	R	A	T	Y	A
E	A	R	E	A	T	L	G	M	I	N	T	C	I
O	A	N	G	G	E	E	A	A	I	E	N	I	M
T	Y	R	A	M	E	S	O	R	T	O	O	Y	E
T	E	E	S	E	A	R	M	B	N	C	O	T	E
V	I	M	I	N	O	M	A	N	N	I	C	T	R

ROSEMARY PARSLEY OREGANO
BASIL CHIVES MINT
TARRAGON CINNAMON BAY
PEPPER SAGE VANILLA
NUTMEG THYME

Food and Nutrition

D	W	E	L	S	M	S	E	D	T	S	D	F	Y
I	A	W	A	T	E	C	X	I	B	E	R	E	T
S	T	E	T	N	U	A	C	G	F	R	U	I	T
L	E	L	S	E	S	R	R	E	E	A	E	S	S
A	R	B	N	I	E	B	E	S	T	W	G	A	T
R	N	A	I	R	M	O	T	T	A	A	F	L	D
E	I	T	M	T	U	H	I	I	F	R	O	S	A
N	E	E	A	U	G	Y	O	O	S	M	O	O	U
I	T	G	T	N	E	D	N	N	G	T	D	D	E
M	O	E	I	O	L	R	E	B	G	H	I	A	G
N	R	V	V	A	O	A	S	T	O	M	G	C	G
A	P	I	I	L	E	T	T	U	C	E	O	O	S
I	R	M	Y	M	B	E	V	B	G	A	D	V	A
D	I	E	T	A	R	Y	F	I	B	R	E	A	R

CARBOHYDRATE
BREAD
MINERALS
FOOD
NUTRIENTS
FAT
AVOCADO

DIETARY FIBRE
VEGETABLE
LETTUCE
DIGESTION
EXCRETION
WATER
VITAMINS

LEGUMES
EGGS
WARMTH
PROTEIN
FRUIT

Popular Pizza Toppings

L	C	T	O	E	I	S	S	C	U	T	S	N	S
C	O	N	N	R	I	C	O	T	A	A	M	I	A
S	A	A	O	S	G	A	E	N	U	N	U	N	V
C	A	L	C	L	P	I	A	S	O	O	S	C	O
T	U	P	A	M	O	E	A	H	R	O	H	I	C
H	B	G	B	B	L	G	A	O	U	R	R	N	A
O	T	G	A	S	E	O	E	N	O	N	O	I	D
N	T	E	U	O	N	E	B	A	U	U	O	H	O
S	P	I	N	A	C	H	F	S	A	T	M	C	S
T	R	C	H	I	C	K	E	N	T	C	S	C	U
O	T	T	I	U	C	S	O	R	P	E	I	U	P
S	U	N	O	S	A	L	A	M	I	P	R	Z	U
T	A	P	I	N	C	I	L	A	N	T	R	O	H
T	G	N	S	S	S	N	O	I	N	O	M	C	H

SPINACH	AVOCADO	CHICKEN
CILANTRO	LOBSTER	PEANUTS
BEEF	BACON	RICOTA
ZUCCHINI	EGGPLANT	PROSCUITTO
SAUSAGE	ONIONS	
SALAMI	MUSHROOMS	

Spice Up Your Life

R	R	Y	H	I	R	A	G	H	I	N	A	T	E
Y	K	S	N	G	O	Y	M	T	L	N	T	A	P
M	S	F	O	A	I	R	O	S	E	M	A	R	Y
G	N	A	M	A	T	R	A	A	T	P	P	R	M
L	I	S	A	B	S	N	O	S	T	G	A	A	P
E	T	R	N	R	E	P	P	E	P	G	P	G	A
N	H	O	N	I	G	S	S	A	L	T	R	O	G
G	Y	R	I	M	G	T	A	G	N	E	I	N	A
R	M	E	C	P	I	A	C	F	E	G	K	Y	T
T	E	G	A	N	N	E	R	H	F	G	A	T	S
K	R	A	R	S	O	A	E	L	G	R	P	E	A
E	L	N	A	S	A	I	M	R	I	G	O	Y	G
E	A	O	Y	E	L	Y	A	B	R	C	R	N	E
I	A	R	R	E	G	N	I	G	O	M	F	T	N

BASIL TARRAGON SAGE
GINGER ROSEMARY PAPRIKA
PEPPER THYME BAY
CINNAMON OREGANO SALT
SAFFRON GARLIC

Types of Vegetables

R	Z	A	D	P	I	N	S	R	A	P	S	E	N
E	A	U	D	C	A	R	R	O	T	A	P	P	B
W	S	S	C	A	L	G	T	C	A	E	I	U	O
O	A	S	T	C	E	G	A	E	I	R	N	M	P
L	R	C	H	A	H	P	A	B	E	P	R	P	P
F	A	A	E	N	I	I	S	L	A	B	U	K	O
I	L	R	D	P	T	A	N	C	C	T	T	I	T
L	U	O	P	I	C	A	Y	I	A	R	U	N	A
U	G	D	E	L	S	T	R	I	B	P	T	R	T
A	U	U	A	W	O	H	E	K	B	C	E	I	O
C	R	C	U	C	P	T	L	E	A	N	C	P	N
C	A	S	S	A	V	A	E	E	G	B	E	S	C
B	R	E	G	N	I	G	C	L	E	L	O	P	E
H	C	A	N	I	P	S	S	A	E	D	E	W	S

CABBAGE
ZUCCHINI
RUTABAGA
RADISH
TURNIP
SWEDE
SPINACH

POTATO
CASSAVA
BEET
LEEK
CAULIFLOWER
PARSNIP
GINGER

CELERY
PEA
CARROT
PUMPKIN
ARUGULA

SCIENCE

Astronomy

E	O	S	O	E	L	O	H	K	C	A	L	B	T
S	P	R	S	E	R	E	T	I	P	U	J	E	N
R	D	A	U	N	G	P	X	G	P	B	A	T	A
C	I	M	N	U	N	O	O	M	A	W	R	D	I
Y	O	N	E	T	P	E	A	R	T	H	V	E	G
R	R	Y	V	P	I	O	I	N	S	I	R	E	R
U	E	Y	B	E	O	N	U	E	S	T	O	E	E
C	T	T	X	N	I	T	G	B	A	E	R	A	P
R	S	U	E	A	U	E	U	U	N	D	I	R	U
E	A	S	R	M	L	A	O	L	S	W	O	R	S
M	P	T	K	E	O	A	L	A	P	A	N	G	A
S	N	T	N	N	P	C	G	T	C	R	I	M	W
L	O	O	V	U	U	G	M	S	A	F	I	O	L
O	L	E	O	S	A	M	E	T	E	O	R	J	N

NEPTUNE	NEBULA	LEO
SUN	ERIS	COMET
GALAXY	MERCURY	VENUS
PLUTO	BLACK HOLE	EARTH
ASTEROID	WHITE DWARF	METEOR
SUPERGIANT	MOON	MARS
JUPITER	ORION	

All About the Big Bang

S	R	A	T	S	O	L	E	P	T	O	N	F	G
K	S	R	O	U	N	I	V	E	R	S	E	D	G
E	T	A	D	R	C	S	F	R	E	A	U	I	A
T	A	N	S	I	A	E	O	O	S	S	V	S	L
H	R	B	D	R	O	S	R	C	N	C	O	C	A
E	T	N	N	I	O	C	M	K	O	I	P	O	X
O	E	S	E	O	O	E	S	T	E	T	V	I
R	S	R	R	S	I	R	D	G	O	N	I	E	E
Y	O	E	Y	I	R	S	T	T	R	C	B	R	S
B	I	G	B	A	N	G	O	S	P	E	R	Y	S
N	U	E	T	R	O	N	R	L	A	E	O	H	U
R	R	I	S	O	R	O	O	R	P	O	I	R	H
T	U	A	N	O	R	T	S	A	T	X	O	L	P
N	E	G	O	R	D	Y	H	O	B	T	E	R	E

EXPLOSION	DISCOVERY	ASTROID
NUETRON	START	ROCKS
FORMED	ASTRONAUT	HYDROGEN
ORBIT	THEORY	PROTONS
GALAXIES	LEPTON	STARS
SCIENCE	UNIVERSE	BIG BANG

Bones

T	C	M	S	E	T	U	M	X	Y	C	C	O	C
P	A	A	T	E	T	T	S	T	E	R	N	U	M
B	I	T	R	A	P	E	Z	I	U	M	T	M	C
L	S	T	I	B	I	A	A	A	U	S	E	F	L
L	C	L	U	P	I	T	T	U	A	R	M	H	A
H	A	M	A	T	E	U	A	S	L	A	P	U	V
V	P	T	N	X	M	P	U	R	C	D	O	M	I
F	U	L	E	R	A	E	A	U	M	I	R	E	C
I	L	S	L	T	L	R	P	T	E	U	A	R	L
B	A	U	E	L	P	L	S	A	I	S	L	U	E
U	E	L	A	H	I	R	U	M	E	F	I	S	T
L	L	M	S	L	A	A	R	S	U	L	A	T	R
A	U	D	V	U	M	U	L	N	A	A	L	S	E
L	A	S	R	A	T	A	T	E	M	A	N	T	U

TIBIA   COCCYX   TEMPORAL
MALLEUS FEMUR   HUMERUS
CLAVICLE HAMATE   SCAPULA
STAPES   TALUS   PATELLA
ULNA   RADIUS   STERNUM
TRAPEZIUM METATARSAL FIBULA

Brain

V	A	L	L	L	R	U	G	E	P	E	C	L	Y
I	E	G	E	N	I	U	S	T	H	I	N	K	I
N	M	I	N	M	E	N	T	A	L	I	T	Y	U
T	T	C	R	A	N	I	U	M	Y	E	C	V	V
E	C	E	V	R	E	N	V	M	R	C	A	R	L
L	E	C	E	R	E	B	E	L	L	U	M	R	C
L	L	M	E	T	B	E	N	L	E	R	C	G	N
I	L	U	E	B	C	E	T	O	S	E	C	E	M
G	E	R	P	R	O	N	R	B	A	T	N	L	E
E	T	B	S	A	R	N	I	E	X	R	E	D	D
N	N	E	Y	I	T	S	C	S	E	G	O	M	U
C	I	R	C	N	E	E	L	L	C	V	D	E	L
E	E	E	H	I	X	R	E	Y	U	E	A	O	L
R	U	C	E	E	E	D	U	E	R	F	U	E	A

EGO	BRAIN	NERVE
LEARN	INTELLIGENCE	MENTALITY
CEREBRUM	THINK	FREUD
CEREBELLUM	PSYCHE	LOBES
CRANIUM	GENIUS	CORTEX
VENTRICLE	STEM	
INTELLECT	MEDULLA	

Biology, Cells

O	Y	V	C	E	N	T	R	I	O	L	E	S	S
E	L	O	U	C	A	V	R	C	I	B	T	M	C
E	L	C	N	Y	N	S	E	E	P	R	L	I	Y
T	L	L	C	O	C	E	W	L	R	T	Y	T	T
C	I	L	I	A	H	U	S	L	O	S	S	O	O
T	L	O	N	K	R	K	S	M	K	A	O	C	P
L	S	D	U	I	O	A	E	E	A	L	S	H	L
L	N	T	C	K	M	R	M	M	R	P	O	O	A
A	L	T	L	O	A	Y	O	B	Y	O	M	N	S
W	U	U	E	H	T	O	S	R	O	R	E	D	M
L	R	S	O	S	I	T	O	A	T	O	S	R	M
L	W	S	L	E	N	E	B	N	E	L	I	I	A
E	Y	B	U	Y	L	S	I	E	S	H	Y	A	O
C	O	A	S	R	O	S	R	A	T	C	S	I	S

NUCLEOLUS

RIBOSOMES

CYTOPLASM

CELL MEMBRANE

LYSOSOMES

CENTRIOLES

MITOCHONDRIA

CHROMATIN

CILIA

PROKARYOTES

VACUOLE

EUKARYOTES

CELL WALL

CHLOROPLAST

Chemistry

A	L	C	O	H	O	L	E	S	O	C	U	L	G
M	U	I	S	E	N	G	A	M	P	P	N	M	C
C	E	P	L	B	Y	O	R	A	H	D	I	C	H
I	N	O	I	L	T	S	M	L	O	E	B	A	O
M	I	E	P	O	E	O	U	B	S	S	U	R	L
O	N	L	A	O	M	D	I	U	P	A	R	B	E
C	I	I	S	D	U	I	S	M	H	L	I	O	S
H	T	I	E	G	I	U	S	I	O	Y	L	N	T
L	A	E	N	A	C	M	A	N	R	M	I	A	E
O	E	N	S	S	L	O	T	R	U	A	B	T	R
R	R	P	L	S	A	C	O	D	S	H	E	E	O
I	C	H	P	M	C	A	P	P	E	O	U	C	L
D	A	C	E	T	O	M	I	N	O	P	H	E	N
E	N	O	U	C	L	L	L	A	C	T	A	T	E

MAGNESIUM   PHOSPHORUS   SODIUM
CREATININE   CHOLESTEROL   ALCOHOL
ACETOMINOPHEN   LIPASE   BLOODGAS
GLUCOSE   CHLORIDE   ALBUMIN
AMYLASE   POTASSIUM   LACTATE
CALCIUM   CARBONATE   BILIRUBIN

Circulatory System

T	H	N	U	O	T	H	A	M	I	M	D	R	C
Y	E	R	E	P	C	M	D	R	R	M	P	C	O
B	A	A	B	E	L	C	S	U	M	U	L	L	I
E	R	A	R	T	E	R	Y	P	U	I	A	E	U
U	T	L	S	E	C	C	O	I	E	R	H	I	E
E	E	P	M	U	P	C	R	R	A	T	C	R	N
R	Y	H	C	A	C	A	U	T	U	A	I	C	N
D	N	R	Y	A	A	S	V	S	M	C	M	D	E
O	T	D	O	U	I	P	D	E	D	C	R	L	A
O	I	A	L	R	D	C	S	M	I	E	A	A	N
L	R	N	M	A	R	C	L	H	R	N	R	U	A
B	N	A	Y	P	A	R	M	E	E	R	S	L	E
T	A	R	E	L	C	I	R	T	N	E	V	U	I
E	R	D	Y	R	O	T	A	L	U	C	R	I	C

CARDIAC   CIRCULATORY   VEINS
ATRIUM   PUMP   MUSCLE
ARTERY   VENTRICLE
BLOOD   HEART

Earthquakes

S	G	R	I	C	H	T	E	R	S	C	A	L	E
T	N	E	A	R	F	A	U	L	T	S	D	A	L
R	I	E	R	G	S	N	R	S	A	Y	I	C	N
E	R	H	E	L	I	R	N	E	R	R	V	H	O
S	A	T	E	K	E	D	R	U	L	A	E	E	I
S	E	O	I	N	A	D	T	C	L	D	R	R	S
S	H	N	S	O	N	U	L	U	T	N	G	C	S
A	S	R	I	A	R	F	Q	T	A	U	E	O	E
R	M	O	N	E	A	D	U	H	K	O	E	L	R
I	N	A	N	G	L	D	R	D	T	B	E	L	P
N	S	S	G	N	A	O	L	H	E	R	O	I	M
O	C	R	I	O	G	R	A	N	D	E	A	D	O
N	S	I	V	F	O	O	T	W	A	L	L	E	C
R	N	O	I	S	N	E	T	U	I	S	R	R	S

SAN ANDREAS   RICHTER SCALE
COMPRESSION   SHEARING
RIO GRANDE   FAULTS
COLLIDE   TENSION
DIVERGE   FOOTWALL
EARTHQUAKE   BOUNDARY
STRESS

Evolution

S	U	S	S	E	S	S	P	E	C	I	E	S	A
U	O	U	O	R	G	A	N	I	S	M	S	C	C
R	I	M	U	T	A	T	I	O	N	E	O	N	S
V	S	V	Y	M	D	I	G	I	R	M	E	O	L
I	E	E	M	B	R	Y	O	S	P	M	V	M	I
V	P	Y	A	V	I	I	I	E	G	O	O	O	S
A	A	M	S	G	N	P	T	O	F	S	L	E	S
L	R	L	A	I	G	I	T	S	E	V	U	C	O
O	A	V	R	O	T	T	T	E	I	S	T	N	F
M	T	T	O	I	O	H	N	H	U	O	I	E	U
E	I	E	O	O	Y	E	S	C	M	A	O	D	Y
A	O	N	D	N	A	O	I	N	L	R	N	I	A
R	N	V	E	S	E	R	A	I	E	M	G	V	E
U	A	I	C	R	M	Y	E	F	F	I	U	E	I

THEORY
COMPETITION
EMBRYOS
SEPARATION
ORGANISMS
SPECIES
EVIDENCE

EVOLUTION
FINCHES
FOSSILS
MUTATION
SURVIVAL
VESTIGIAL
DNA

Gases

E	M	L	E	D	G	R	O	A	A	N	A	P	N
D	O	N	R	S	A	N	U	E	R	E	E	R	X
I	M	G	X	D	D	Y	X	B	G	D	D	O	E
X	T	O	O	Y	H	E	L	I	U	M	I	P	N
O	A	N	E	N	A	H	T	E	M	H	X	A	O
N	L	H	O	O	X	N	N	N	T	P	O	N	N
O	O	Y	N	O	H	E	L	E	O	O	S	E	N
M	D	D	O	X	A	O	O	G	D	O	U	P	E
N	L	R	G	Y	N	N	N	O	E	N	O	F	F
O	T	O	R	G	H	A	A	R	T	E	R	G	N
B	E	G	A	E	A	D	H	T	R	E	T	O	E
R	E	E	E	N	E	E	T	I	O	I	I	N	T
A	M	N	N	O	D	E	E	N	N	N	N	X	O
C	I	O	O	A	D	E	M	H	D	E	G	R	O

ARGON
HELIUM
CARBON MONOXIDE
FREON
PROPANE
METHANOL
OXYGEN

NITROGEN
XENON
NITROUS OXIDE
RADON
METHANE
NEON
HYDROGEN

Global Warming

R	A	C	E	B	Y	E	G	A	R	E	V	A	T
I	D	L	O	R	R	M	O	G	V	H	A	H	E
O	X	I	O	O	E	N	M	A	E	L	A	E	R
N	E	M	A	S	I	M	O	N	G	M	E	R	T
I	E	A	O	B	O	E	E	T	R	I	O	A	G
T	N	T	R	A	M	F	R	O	E	O	O	D	B
R	S	E	C	O	N	O	M	I	E	S	N	I	E
O	E	R	E	H	P	S	O	M	T	A	M	A	N
G	A	T	G	E	T	N	O	G	R	A	G	T	A
E	H	A	E	Q	U	A	T	I	O	N	O	I	H
N	E	F	E	R	T	I	L	E	S	L	E	O	T
U	T	A	T	M	R	N	E	G	Y	X	O	N	E
I	R	P	A	N	D	E	M	R	O	F	N	I	M
E	D	I	X	O	I	D	N	O	B	R	A	C	G

ATMOSPHERE   NITROGEN   ARGON
CARBON DIOXIDE   INFORMED   FERTILE
METHANE   RADIATION   ECONOMIES
ABSORB   AVERAGE   CLIMATE
OXYGEN   EQUATION

Hematology

S	A	N	E	U	T	R	O	P	H	I	L	C	N
N	B	A	S	O	P	H	I	L	E	T	U	M	E
E	M	A	L	A	R	I	A	L	O	O	M	E	Y
O	E	Y	E	O	S	I	N	O	P	H	I	L	Y
L	Y	C	L	U	M	P	I	N	G	N	R	U	E
Y	T	B	L	A	S	T	O	N	B	L	C	E	I
M	C	L	M	Y	E	B	A	C	T	E	R	I	A
P	O	R	E	A	C	T	I	V	E	C	E	L	L
H	L	H	R	B	C	T	S	U	E	L	C	U	N
O	E	M	M	O	N	O	C	Y	T	E	M	E	L
C	Y	L	E	M	A	E	U	R	N	C	I	O	L
Y	M	Y	N	E	S	E	S	L	R	O	P	L	L
T	L	L	L	E	C	D	N	A	B	E	U	I	C
E	S	T	N	E	M	G	E	S	C	C	E	I	R

BLAST   REACTIVECELL   BANDCELL
BACTERIA   NEUTROPHIL   MONOCYTE
BASOPHIL   EOSINOPHIL   SEGMENTS
MYELOCTYE   NRBC   NUCLEUS
LYMPHOCYTE   MALARIA

Metals, Common

M	E	R	C	U	R	Y	T	C	I	L	N	M	N
T	L	A	B	O	C	U	E	A	I	T	D	R	E
M	L	E	A	D	N	O	T	I	M	C	P	I	I
A	C	E	I	G	D	N	I	P	A	R	U	A	L
N	O	C	S	I	Z	L	N	E	G	E	I	V	I
G	A	T	I	R	S	I	N	D	N	P	C	M	T
A	E	O	I	I	I	T	N	L	E	P	M	U	H
N	D	I	C	D	L	I	T	C	S	O	U	N	I
E	U	U	N	I	V	T	N	L	I	C	I	I	U
S	T	R	U	U	E	A	I	I	U	A	M	T	M
E	A	B	E	M	R	N	C	O	M	R	D	A	I
T	D	L	O	G	C	I	K	D	I	R	A	L	R
M	S	E	N	E	N	U	E	N	M	G	C	P	O
U	I	Z	E	U	I	M	L	O	I	E	V	N	N

LITHIUM
MANGANESE
GOLD
ZINC
NICKEL
IRIDIUM

COPPER
MAGNESIUM
PLATINUM
COBALT
SILVER
LEAD

IRON
TUNGSTEN
CADMIUM
TITANIUM
TIN
MERCURY

Muscular System

A	N	O	C	J	S	H	E	A	T	H	B	A	F
E	I	F	R	S	S	T	E	I	R	P	I	O	I
R	T	E	O	A	M	E	L	E	S	F	C	E	B
J	C	N	S	R	O	N	C	E	D	C	E	C	E
O	A	E	N	C	O	D	S	E	S	S	P	R	R
I	E	R	E	O	T	O	U	R	R	M	S	E	S
N	D	V	T	P	H	N	M	I	F	Y	E	T	F
T	T	E	X	L	M	A	C	B	L	O	T	E	I
R	R	C	E	A	U	I	A	A	E	S	I	S	L
F	I	I	N	S	S	N	I	T	X	I	S	S	A
M	C	T	S	M	C	R	D	E	O	N	S	A	M
E	E	X	E	E	L	E	R	L	R	O	U	M	E
E	P	E	I	T	E	N	A	L	S	S	E	R	N
A	S	E	B	C	S	R	C	A	S	R	S	E	T

JOINT
TRICEPS
CARDIAC MUSCLE
SMOOTH MUSCLE
ACTIN
EXTENSOR
NERVE

SARCOPLASM
MASSETER
NERNIA
BATELLA
BICEPS
MYOSIN
TENDON

FLEXOR
TISSUES
FILAMENT
FIBERS
SHEATH

Properties of Matter

A	T	O	M	H	S	A	G	S	O	L	I	D	S
E	E	R	H	T	T	T	F	A	S	T	E	R	E
I	S	A	C	L	V	E	I	U	E	F	E	D	A
I	M	E	T	I	E	M	I	M	H	N	S	R	E
T	E	M	V	G	M	P	T	S	E	V	S	T	M
I	A	U	H	R	O	E	A	S	L	O	M	D	Q
P	S	L	M	E	T	R	E	M	L	O	U	L	O
O	U	O	E	G	I	A	H	T	H	O	W	S	V
H	R	V	E	T	O	T	T	H	O	T	T	E	M
I	E	E	E	A	N	U	M	L	T	T	M	A	R
R	P	R	R	U	E	R	H	I	E	R	I	M	T
O	S	T	R	L	A	E	L	I	Q	U	I	D	A
M	E	E	S	E	L	C	I	T	R	A	P	A	Q
A	E	P	A	H	S	A	M	A	T	T	E	R	E

MEASURE	SHAPE	LIQUID
MOTION	VOLUME	MATTER
PARTICLES	SLOWER	ATOM
SOLIDS	THREE	GAS
TEMPERATURE	HEAT	FASTER

The Respiratory System

N	E	V	O	C	A	L	C	O	R	D	S	M	H
N	C	H	R	O	N	I	C	A	A	R	L	S	E
A	E	H	C	A	R	T	A	L	V	E	O	L	I
S	L	H	M	G	A	R	H	P	A	I	D	A	N
A	E	M	I	B	H	M	L	I	R	X	O	L	X
L	A	L	I	N	A	I	M	H	L	N	S	R	A
P	M	R	R	L	N	E	A	C	A	Y	E	I	C
A	E	I	H	U	N	L	E	N	R	R	I	N	C
S	S	I	G	N	M	H	S	O	Y	A	Y	C	O
S	Y	E	O	G	O	A	A	R	N	H	P	U	D
A	H	A	A	S	P	T	O	B	X	P	M	H	O
G	P	C	E	L	L	U	L	A	R	S	V	O	O
E	M	A	H	O	M	E	O	S	T	A	S	I	S
A	E	N	O	I	T	A	R	I	P	S	E	R	O

TRACHEA
NASAL PASSAGE
VOCAL CORDS
ALVEOLI
CELLULAR

LUNGS
RESPIRATION
HOMEOSTASIS
LARYNX
CHRONIC

DIAPHRAGM
PHARYNX
EMPHYSEMA
BRONCHI

Skeleton

P	E	L	V	I	S	S	I	T	U	L	N	A	S
L	O	S	R	T	N	P	L	M	S	R	V	I	P
C	P	E	E	R	A	A	M	U	L	P	S	L	I
A	P	S	A	U	L	S	S	I	P	A	I	C	A
R	N	N	R	S	T	E	R	N	U	M	N	N	E
P	E	L	B	E	R	V	N	A	A	U	O	U	E
A	A	U	E	P	C	T	E	R	R	E	T	U	C
L	I	T	T	P	A	H	U	C	T	S	E	A	L
S	L	A	R	A	L	T	I	I	C	K	L	A	A
E	I	R	E	M	T	A	E	A	E	U	E	S	V
T	U	S	V	A	I	U	H	L	P	L	K	A	I
O	M	A	N	L	B	L	N	A	L	L	S	I	C
T	A	L	L	P	I	H	C	A	I	A	R	L	L
T	E	S	R	A	A	S	P	R	V	L	S	R	E

SCAPULA   VERTEBRAE   TARSALS
STERNUM   SPINE   HIP
PELVIS   SKULL   TIBIA
CARPALS   ILIUM   SKELETON
CRANIUM   PATELLA
ULNA   CLAVICLE

Veterinarian

O	C	H	I	L	L	C	K	C	R	H	T	V	I
Y	T	T	O	O	E	F	D	K	W	O	C	A	V
O	E	I	U	S	U	M	T	R	I	M	C	P
C	U	C	T	T	D	E	G	R	E	E	I	I	E
E	T	S	I	S	K	I	T	T	E	N	I	N	S
L	U	N	R	T	N	E	K	O	R	B	N	A	E
T	R	O	A	N	T	O	I	C	S	S	T	T	E
T	T	I	B	E	R	R	X	K	S	C	C	I	L
A	L	T	I	D	E	G	L	T	Y	T	E	O	F
C	E	A	E	I	P	U	K	C	E	H	C	N	S
I	S	R	S	C	I	H	D	L	X	I	R	S	H
S	U	E	O	C	L	O	O	S	R	C	C	E	O
K	T	P	A	A	R	T	G	P	A	I	T	C	T
P	A	O	S	O	S	E	S	E	Y	R	N	S	S

CATTLE
BROKEN
TRIM
CHECK-UP
LOST
ACCIDENTS

DOGS
VACINATIONS
FLEES
OPERATION
RABIES
X-RAY

TURTLES
SHOTS
COW
TICS
KITTEN
DEGREE

Volcanoes

U	B	L	A	C	K	A	B	D	I	D	P	E	T
S	G	L	A	U	C	S	H	L	B	N	R	R	T
P	E	L	E	E	D	H	T	E	A	U	E	U	O
N	O	E	S	E	U	C	A	I	M	I	S	P	H
E	E	N	M	E	R	L	E	H	D	G	S	T	H
N	L	O	S	M	S	O	D	S	M	O	U	T	H
O	L	T	T	U	K	U	G	S	A	G	R	V	O
C	L	S	S	P	W	D	O	N	R	E	E	T	S
E	I	W	M	R	M	O	U	N	T	A	I	N	B
I	K	O	U	S	A	G	R	E	V	I	T	C	A
D	L	L	F	H	P	M	M	A	G	M	A	P	E
O	L	L	E	I	M	O	D	O	V	F	L	O	W
O	K	E	E	R	I	F	F	O	G	N	I	R	I
O	L	Y	M	P	U	S	M	O	N	S	I	M	T

FLOW
ASH CLOUD
HOT
MOUNTAIN
MOUTH
KILL
RING OF FIRE

YELLOWSTONE
CONE
DEATH
OLYMPUS MONS
MAGMA
GAS
BLACK

PRESSURE
PELEE
MARS
ACTIVE
ERUPT
SHIELD

HISTORY

American Civil war

I	N	S	M	O	U	N	I	O	N	D	L	R	A
L	O	E	U	A	R	O	T	L	O	I	I	I	R
F	I	N	S	M	A	S	R	L	E	S	I	E	B
R	T	E	K	E	C	T	U	C	O	C	A	T	G
C	C	T	E	N	I	Y	E	I	E	R	R	A	C
T	U	A	T	D	S	G	A	V	E	I	M	R	O
E	R	R	C	M	T	O	B	I	T	M	Y	E	U
X	T	G	I	E	I	L	U	L	A	I	T	D	R
T	S	E	V	N	A	O	L	R	R	N	R	E	T
I	N	T	I	T	L	N	L	I	G	A	A	F	H
L	O	N	L	T	L	H	R	G	I	T	V	N	O
E	C	I	W	M	I	C	U	H	M	I	L	O	U
S	E	T	A	O	E	E	N	T	F	O	E	C	S
S	R	E	R	U	S	T	L	S	S	N	D	M	E

CIVIL RIGHTS	RACIST
INTEGRATE	RECONSTRUCTION
COURT HOUSE	CONFEDERATE
DISCRIMINATION	CIVIL WAR
ARMY	TEXTILES
AMENDMENT	ALLIES
MIGRATE	TRAVLED
TECHNOLOGY	UNION
BULL RUN	MUSKET

Ancient India

M	S	I	H	D	D	U	B	I	S	Y	H	M	S
E	B	I	L	N	D	A	E	N	A	C	E	E	M
E	K	N	A	I	D	L	U	D	R	A	S	D	E
U	I	D	I	R	S	A	B	I	D	G	T	I	D
P	I	U	G	V	M	I	U	A	U	E	A	T	A
O	P	S	A	A	S	O	D	K	S	L	T	A	L
L	M	V	I	N	I	E	D	I	C	T	U	T	L
Y	O	A	P	A	U	O	H	L	E	T	E	E	I
T	N	L	O	O	D	U	I	N	O	I	T	A	O
H	S	L	T	D	N	M	S	T	D	V	T	M	N
E	O	E	U	M	I	E	T	O	K	E	E	R	Y
I	O	Y	E	Y	H	Y	E	A	U	D	E	A	L
S	N	A	S	M	I	H	A	I	C	A	L	K	L
M	R	L	T	I	R	K	S	N	A	S	D	A	N

EDICT	VEDAS	KARMA
UTOPIA	POLYTHEISM	LEGACY
STATUETTE	SANSKRIT	KILN
INDUSVALLEY	MONSOON	AHIMSA
MEDITATE	NIRVANA	BUDDHIST
BUDDHISM	MEDALLION	SUDRA
INDIA	HINDUISM	

Cold War

N	L	R	O	S	E	N	B	U	R	G	O	R	E
Q	G	W	V	E	D	E	T	E	N	T	E	I	B
A	O	K	R	E	W	O	P	R	E	P	U	S	O
R	R	S	U	T	H	S	U	B	S	L	R	M	B
I	B	E	O	W	S	N	A	D	A	N	E	R	G
T	A	T	N	V	A	O	N	A	E	R	O	K	I
R	C	A	I	R	I	I	N	N	R	I	T	D	E
U	H	G	S	A	M	E	T	S	I	H	R	R	N
M	E	R	T	W	T	I	T	E	A	X	K	O	I
A	V	E	L	D	L	L	Q	U	A	L	O	F	R
N	S	T	E	L	W	T	A	T	N	G	G	N	T
L	X	A	Y	O	T	S	E	S	A	I	E	N	C
R	C	W	S	C	A	G	E	E	R	T	O	D	O
E	L	I	S	S	I	M	N	A	B	U	C	N	D

SOVIET UNION
GRENADA
COLD WAR
BUSH
IRAQ
CUBAN MISSILE
GLASNOST

DETENTE
ROSENBURG
SALT
TRUMAN
SUPERPOWER
GORBACHEV
WATERGATE

DOCTRINE
KUWAIT
YELTSIN
KOREAN
FORD
NIXON

Egypt

R	R	I	U	I	E	F	I	L	R	E	T	F	A
E	V	A	L	L	E	Y	O	F	K	I	N	G	S
T	H	I	S	T	O	R	Y	S	Y	M	B	O	L
S	M	T	J	A	A	T	O	B	P	R	S	G	R
I	O	E	E	R	A	A	I	M	U	E	I	Y	E
N	U	M	W	A	Z	N	U	S	B	R	K	S	P
I	N	P	E	B	I	T	E	E	S	I	I	M	U
M	T	L	L	I	G	A	H	A	M	W	N	A	B
E	S	E	E	C	R	T	W	E	U	A	G	R	L
M	I	Y	R	G	M	A	A	A	I	L	D	A	I
I	N	L	Y	K	A	R	N	A	K	L	O	S	C
R	A	N	O	B	N	N	I	I	A	A	M	N	E
P	I	M	P	H	A	R	O	A	H	M	I	R	I
E	G	S	J	M	B	M	O	T	U	Y	S	A	T

ARABIC
BURIAL
MOUNT SINAI
MALLAWI
AFTERLIFE
ASYUT
KARNAK

VALLEY OF KINGS
PHAROAH
HISTORY
TANTA
PRIME MINISTER
REPUBLIC
KINGDOM

SYMBOL
TEMPLE
JEWELERY
GIZA
TOMB
THEBES

Albert Einstein

R	T	R	U	N	I	V	E	R	S	E	I	N	I
G	M	U	N	I	Q	U	E	E	E	S	N	S	T
I	R	U	A	R	C	R	E	A	T	I	V	E	L
Z	P	S	E	A	M	I	H	S	O	R	I	H	A
A	L	G	E	B	R	A	A	E	L	U	T	C	O
A	A	Y	R	O	E	H	T	A	M	R	Q	E	R
C	V	E	D	U	A	R	D	M	A	T	H	T	P
I	E	A	G	E	R	M	A	N	S	A	S	L	E
R	L	O	G	I	C	A	L	L	S	A	A	A	G
E	I	N	E	W	J	E	R	S	E	Y	T	U	E
M	M	I	N	T	E	L	L	I	G	E	N	T	N
A	N	I	P	H	Y	S	I	C	I	S	T	I	I
M	E	Z	I	R	P	L	E	B	O	N	E	I	U
S	N	A	H	S	M	A	R	T	N	N	R	A	S

SMART
LOGICALL
HIROSHIMA
ALGEBRA
NOBEL PRIZE
INTELLIGENT
MATH

ELSA
AMERICA
UNIVERSE
PHYSICIST
CREATIVE
UNIQUE
NEW JERSEY

GERMAN
THEORY
EDUARD
HANS
MILEVA
GENIUS

French Revolution

E	O	S	N	O	B	L	E	S	A	C	B	R	O
T	Y	P	O	E	E	L	L	I	T	S	A	B	I
P	E	E	B	C	C	Q	U	E	E	N	Q	C	Y
U	Y	A	Y	I	I	A	N	E	L	I	E	H	L
R	E	S	C	L	I	E	T	L	Y	C	O	N	E
K	N	A	H	M	O	S	T	B	G	O	T	O	G
N	R	N	U	O	I	U	S	Y	R	A	A	I	I
A	R	T	R	U	S	C	I	I	E	O	X	T	S
B	N	S	C	Y	L	A	G	S	L	O	E	U	L
E	T	N	H	R	C	B	P	S	C	I	S	C	A
L	A	R	E	N	E	G	E	T	A	T	S	E	T
E	E	T	A	T	S	E	D	R	I	H	T	X	I
G	N	I	K	F	R	A	N	C	E	X	R	E	V
E	C	O	N	O	M	Y	Y	M	O	N	E	Y	E

SOCIETY
CHURCH
NOBLES
TAXES
LEGISLATIVE
KING

BASTILLE
ESTATE GENERAL
THIRD ESTATE
BANKRUPT
CLERGY
EXECUTION

ECONOMY
QUEEN
PEASANTS
LOUIS
FRANCE
MONEY

The Industrial Revolution

I	C	P	B	E	S	S	M	E	R	L	U	B	I
D	Y	T	I	R	U	P	M	I	T	A	M	O	B
M	A	S	S	P	R	O	D	U	C	T	I	O	N
E	V	I	T	O	M	O	C	O	L	I	S	B	E
I	P	R	E	S	S	U	R	E	E	P	Y	E	T
E	R	O	E	E	B	S	Y	A	E	A	E	U	I
B	E	S	A	X	A	L	S	S	S	C	N	O	N
O	P	S	C	P	O	A	L	I	R	T	T	B	J
I	P	P	P	O	L	T	E	M	O	R	I	E	U
L	E	E	I	R	S	E	E	V	M	D	H	L	R
E	I	W	O	T	I	R	E	R	L	O	W	L	E
R	U	O	L	F	L	S	D	A	I	M	L	E	R
E	L	B	M	E	S	S	A	R	E	B	I	F	U
L	A	B	O	R	U	N	I	O	N	T	R	B	I

EXPORT
MASS
PRODUCTION
DAIMLER
F IBERASSEMBLE
BELL

LOCOMOTIVE
IMPURITY
CAPITAL
LABOR UNION
BOILER
WHITNEY

INJURE
SLATER
BESSMER
ORE
PRESSURE
MORSE

Leonardo Da Vinci

S	I	T	M	G	T	R	I	D	A	S	I	I	E
I	T	A	L	Y	S	E	D	A	L	R	O	M	E
S	S	T	P	E	I	T	E	V	G	I	C	R	G
A	S	I	I	A	T	N	A	I	E	T	B	S	E
I	C	N	N	L	R	I	S	N	B	U	R	E	E
T	I	T	G	V	A	A	I	C	R	C	I	T	T
N	S	C	I	S	E	P	C	I	A	R	D	S	U
L	S	T	R	O	T	N	E	V	N	I	G	E	H
O	O	R	I	W	R	I	T	E	R	D	E	L	C
U	R	M	P	A	I	N	T	I	N	G	S	C	A
V	S	C	A	S	I	L	A	N	O	M	V	Y	R
R	P	R	I	N	T	I	N	G	M	N	I	C	A
E	S	C	U	L	P	T	O	R	O	R	S	I	P
C	I	N	S	T	R	U	M	E	N	T	S	B	T

PARACHUTE   INSTRUMENTS   LOUVRE
INVENTIONS   PRINTING   ROME
ARTIST   PAINTINGS   ALGEBRA
ITALY   BRIDGES   PAINTER
SCISSORS   IDEAS   DA VINCI
INVENTOR   SCULPTOR   WRITER
BICYCLES   MONA LISA

The Romans

P	A	O	S	S	D	A	O	R	H	H	A	I	C
N	I	N	N	V	C	O	N	Q	U	E	R	E	R
C	N	O	I	T	N	E	V	N	I	N	M	S	E
C	E	N	U	M	E	R	A	L	S	O	O	R	S
N	S	L	R	P	S	E	A	R	N	F	U	T	T
E	U	S	S	O	U	N	C	A	T	H	R	H	U
C	C	N	W	W	O	L	A	N	G	U	A	G	E
Y	C	U	O	E	H	T	L	S	C	R	N	I	N
L	E	E	R	R	H	L	E	U	R	E	W	A	I
A	S	T	D	F	T	A	N	S	E	A	U	R	L
T	S	U	Q	U	A	T	D	N	G	S	N	T	E
I	F	N	I	L	B	I	A	E	G	E	E	S	V
S	U	I	F	Q	O	N	R	C	A	E	I	E	A
E	L	C	I	S	H	I	E	L	D	T	I	I	J

BATH HOUSE
CONQUER
SHIELD
INVENTION
LANGUAGE
POWERFUL
CALENDAR

ROADS
DAGGER
SUCCESSFUL
TUNIC
STRAIGHT
ARMOUR
SWORD

CENSUS
LATIN
CREST
JAVELIN
NUMERALS
ITALY

The Victorians

R	S	E	L	E	C	T	R	I	C	I	T	Y	S
Y	S	L	P	P	O	L	L	U	T	I	O	N	S
V	E	R	O	E	C	A	L	T	S	H	E	L	P
I	N	R	I	I	S	C	C	O	T	E	H	A	I
R	I	I	T	I	H	I	S	V	R	N	O	I	N
P	M	T	N	A	R	M	S	E	A	A	P	W	N
G	L	P	L	T	E	O	L	R	I	C	S	O	I
N	A	K	S	Y	A	T	A	L	N	D	C	R	N
I	O	S	U	M	L	O	T	O	S	U	O	K	G
P	C	M	C	L	O	R	E	O	R	N	T	H	T
P	E	A	I	O	N	C	N	K	K	C	C	O	O
I	T	R	G	I	L	A	O	E	I	E	H	U	P
K	D	T	P	K	N	R	S	R	S	A	Y	S	I
S	S	I	N	V	E	N	T	O	R	S	N	E	S

DRILL
TRAINS
ELECTRICITY
OVERLOOKER
INVENTORS
POLLUTION
MOTORCAR

WORKHOUSE
COALMINES
CHALK
DUNCE
LACE
SLATE
SKIPPING

HOPSCOTCH
CANE
SPINNINGTOP
STRICT
PRIVY
TRAMS

Titanic

A	N	B	E	L	F	A	S	T	T	F	U	L	L
C	I	P	M	Y	L	O	E	O	I	S	D	I	F
N	S	W	H	I	T	E	S	T	A	R	E	F	I
P	G	S	C	M	I	C	O	I	R	A	P	E	R
O	R	C	A	A	O	C	H	E	A	T	P	J	S
O	E	R	N	L	B	L	T	C	F	P	A	A	T
R	B	E	N	I	C	I	L	G	I	A	R	C	C
O	E	W	T	S	A	D	N	Y	E	R	T	K	L
O	C	S	D	W	I	E	R	C	B	A	P	E	A
T	I	H	T	I	T	A	N	I	C	R	S	T	S
M	U	S	I	C	I	A	N	L	H	E	O	N	S
B	R	U	C	E	I	S	M	A	Y	T	P	W	A
B	E	N	G	I	N	E	R	O	O	M	T	T	N
R	M	O	O	R	G	N	I	K	O	M	S	C	R

WAITER
THIRD CLASS
MOLLY BROWN
TRAPPED
FIRST CLASS
OLYMPIC
BELFAST

LIFEJACKET
BRUCE ISMAY
ENGINE ROOM
TITANIC
SMOKING ROOM
MUSICTAN
ICEBERG

POOR
WHITE STAR
RICH
CREW
CABIN

US Presidents

S	J	J	A	M	E	S	M	O	N	R	O	E	S
E	J	I	M	M	Y	C	A	R	T	E	R	S	W
Q	B	A	R	A	C	K	O	B	A	M	A	H	O
G	E	O	R	G	E	H	B	U	S	H	R	A	O
O	N	O	X	I	N	D	R	A	H	C	I	R	D
W	D	G	E	O	R	G	E	W	B	U	S	H	R
R	H	J	O	H	N	A	D	A	M	S	C	X	O
N	S	B	T	J	N	X	E	O	J	R	K	E	W
L	A	G	G	O	E	A	S	D	H	O	N	U	W
Y	D	E	N	N	E	K	N	H	O	J	N	W	I
J	O	S	H	N	H	M	D	O	N	S	E	O	L
U	L	Y	S	S	E	S	S	G	R	A	N	T	S
A	R	O	N	A	L	D	R	E	A	G	A	N	O
A	S	M	A	D	A	Q	N	H	O	J	G	E	N

GEORGE H BUSH

RICHARD NIXON

GEORGE W BUSH

JOHN ADAMS

BARACK OBAMA

WOODROW WILSON

ULYSSESS GRANT

JIMMY CARTER

JOHN Q ADAMS

JOHN KENNEDY

JAMES MONROE

RONALD REAGAN

World War II

T	I	U	T	E	K	R	A	M	K	C	O	T	S
G	N	I	N	O	I	T	A	R	L	A	U	A	F
M	A	A	I	K	A	S	A	G	A	N	S	N	L
S	N	Y	H	P	O	L	A	N	D	S	B	I	Y
S	S	O	V	I	E	T	U	N	I	O	N	H	I
G	Y	D	D	A	Y	U	C	E	E	T	C	O	N
R	K	A	M	I	K	A	Z	E	D	O	A	L	G
E	G	A	I	H	C	R	O	T	I	A	M	L	T
A	M	I	H	S	O	R	I	H	C	O	P	A	I
T	U	U	S	A	S	T	R	O	O	P	S	N	G
W	L	N	A	I	T	I	R	B	N	Y	D	D	E
A	K	K	E	L	E	N	D	L	E	A	S	E	R
R	N	A	V	Y	N	N	V	E	G	C	T	A	S
M	I	L	I	T	A	R	Y	R	S	T	U	N	D

GENOCIDE	POLAND	NAVY
SOVIET UNION	HOLLAND	DDAY
STOCK MARKET	RATIONING	LEND LEASE
FLYING TIGERS	GREAT WAR	TORCH
MILITARY	KAMIKAZE	CAMPS
NAGASAKI	TROOPS	U.S.A
HIROSHIMA	BRITIAN	

GENERAL

2D Shapes

U	A	S	C	E	R	N	S	U	B	M	O	H	R
O	O	C	T	R	A	E	H	E	N	L	T	A	P
T	T	P	H	E	C	T	A	G	O	N	O	E	A
L	C	N	O	G	A	T	P	E	H	N	D	N	R
E	A	O	L	G	D	E	C	A	G	O	N	R	A
E	L	C	R	I	C	O	R	H	I	A	A	A	L
D	H	C	O	N	R	S	V	A	A	T	L	C	L
S	Q	U	A	R	E	E	N	A	S	E	R	L	E
N	O	G	A	T	N	E	P	H	L	H	S	H	L
S	N	O	G	A	N	O	N	S	U	C	O	C	A
N	T	R	I	A	N	G	L	E	A	N	S	A	G
R	S	O	U	A	O	C	T	A	G	O	N	G	R
N	G	G	A	N	N	R	T	N	L	T	O	N	A
E	P	R	E	C	T	A	N	G	L	E	O	R	M

CIRCLE   OVAL   DECAGON

PARALLELAGRAM   OCTAGON   HECTAGON

RECTANGLE   SQUARE   RHOMBUS

TRIANGLE   HEPTAGON   PENTAGON

HEART   NONAGON   STAR

All About Automobiles

A	B	I	N	S	U	R	A	N	C	E	R	C	T
E	R	C	N	A	C	O	B	U	F	A	S	T	B
G	A	E	N	N	C	F	E	V	A	L	C	N	E
T	K	I	C	V	A	K	C	I	U	B	A	N	H
H	E	A	N	R	O	M	S	R	P	E	E	J	A
U	S	A	C	T	A	E	S	T	N	O	R	F	R
N	E	S	N	E	C	I	L	E	M	C	O	S	D
D	S	T	N	O	I	C	S	N	L	R	L	D	T
E	E	W	P	O	N	T	I	A	C	A	L	R	O
R	D	M	A	L	I	B	U	R	D	F	S	O	P
B	C	O	N	V	E	R	T	I	B	L	E	F	R
I	A	G	B	S	H	I	G	H	W	A	Y	K	G
R	D	C	M	S	T	A	M	R	O	O	L	F	I
D	A	F	N	C	C	H	E	V	Y	M	S	E	D

LICENSE
HARDTOP
SALESMAN
CHEVY
GMC
BRAKES
FAST

CONVERTIBLE
MALIBU
FORD
THUNDERBIRD
ENCLAVE
BUICK
SCION

FLOOR MATS
HIGHWAY
PONTIAC
INSURANCE
FRONT SEAT
JEEP

Bank

K	E	N	N	C	R	O	A	I	M	G	M	C	N
O	A	O	T	O	E	P	A	Y	M	E	N	T	V
I	D	T	U	A	K	P	D	E	P	O	S	I	T
D	R	E	M	E	N	S	G	N	I	V	A	S	T
R	A	S	K	S	A	N	L	S	R	T	R	E	E
A	C	E	O	I	B	A	I	L	N	C	N	K	L
C	T	N	O	I	T	C	A	S	N	A	R	T	L
T	I	T	R	A	N	S	I	T	C	M	N	N	E
I	D	L	B	A	L	A	N	C	E	A	D	K	R
B	E	T	E	K	R	A	M	Y	E	N	O	M	E
E	R	R	E	M	O	T	S	U	C	A	G	D	W
D	C	N	C	O	I	N	A	C	A	G	R	R	A
A	A	C	C	O	U	N	T	T	N	E	I	A	R
G	S	C	H	E	C	K	I	N	G	R	N	O	D

DEBIT CARD
PAYMENT
BALANCE
BANKER
TRANSACTION
MANAGER

MONEY MARKET
CREDIT CARD
CUSTOMER
DRAWER
DEPOSIT
ACCOUNT

NOTES
SAVINGS
COIN
CHECKING
TRANSIT
TELLER

Bedroom Items

C	L	O	S	E	T	B	E	D	O	U	T	T	H
L	V	A	I	P	H	O	T	O	S	N	O	E	P
A	M	W	H	L	D	M	I	R	R	O	R	D	I
M	R	W	O	L	L	I	P	L	I	D	S	D	A
P	H	R	O	O	R	U	G	P	N	S	P	Y	L
S	G	D	O	I	S	D	D	Y	W	U	R	B	A
T	T	D	E	R	D	T	U	R	E	R	U	E	R
E	N	H	N	G	S	A	E	V	C	T	U	A	M
S	H	E	L	F	L	N	R	E	E	T	I	R	C
W	A	R	D	R	O	B	E	R	H	T	A	R	L
V	A	E	I	B	O	T	T	O	D	S	O	C	O
D	R	L	S	N	I	A	T	R	U	C	R	I	C
O	B	I	H	P	S	R	E	P	P	I	L	S	K
R	U	A	N	I	G	H	T	S	T	A	N	D	D

RUG	DUVET	BED
PHOTO	NIGHTSTAND	PILLOW
MIRROR	CURTAINS	LAMP
SHELF	WARDROBE	SLIPPERS
SHEETS	RADIO	CLOSET
TEDDY BEAR	ALARM CLOCK	

Big City Life

T	H	H	O	M	E	L	E	S	S	E	L	E	S
R	C	H	C	S	B	U	L	C	E	A	S	A	H
G	R	S	C	O	E	R	S	T	O	R	E	S	G
Y	U	E	I	U	C	E	M	E	N	T	S	S	R
B	H	N	N	D	Y	C	A	M	R	A	H	P	O
R	C	E	O	S	E	S	R	U	O	T	E	D	C
O	V	U	T	I	E	W	T	T	B	S	L	S	E
A	P	Y	E	P	T	B	A	X	S	T	P	T	R
D	E	T	X	A	A	A	R	L	H	T	A	H	R
W	O	K	X	N	S	S	T	S	K	C	T	G	U
A	P	I	K	T	R	H	I	S	E	G	P	I	O
Y	L	S	E	H	R	W	O	S	U	B	T	L	P
A	E	R	P	O	L	I	C	E	V	E	H	O	R
U	U	Y	S	T	R	E	E	T	S	O	O	B	I

SIDEWALK
STORES
HOMELESS
BROADWAY
SHOES
LIGHTS
GROCER

PEOPLE
CLUBS
CHURCH
TAXI
DETOURS
AVENUE
BUS

CEMENT
BANKS
POLICE
STREET
PHARMACY
STATION

Car Parts

H	E	A	D	L	I	G	H	T	S	N	E	W	B
E	R	K	E	Y	S	L	B	E	S	B	E	I	E
S	A	A	R	I	A	O	O	E	E	N	G	N	D
L	E	A	D	A	R	E	O	E	K	E	B	D	B
E	N	A	P	I	R	G	T	L	A	R	O	S	U
E	H	E	T	S	O	R	P	R	R	O	N	C	S
H	O	U	O	B	B	E	S	E	B	O	N	R	U
W	B	U	M	P	E	R	I	P	D	D	E	E	N
E	N	I	G	N	E	L	R	E	N	A	T	E	R
M	I	R	R	O	R	O	T	T	N	G	L	N	O
E	X	O	E	X	N	A	E	R	E	C	T	S	O
E	X	H	A	U	S	T	O	O	R	L	A	E	F
D	A	A	P	T	E	R	H	L	E	T	Y	R	E
T	G	E	N	N	A	X	L	E	Y	N	L	S	E

ENGINE
GEARS
PETROL
KEYS
PEDALS
HEADLIGHTS
AXLE

SEATBELT
BOOT
EXHAUST
SUNROOF
DOOR
TYRE
RADIO

MIRROR
BUMPER
BRAKES
BONNET
WHEEL
WINDSCREEN

Clothing

S	T	N	A	P	S	L	A	D	N	A	S	A	T
S	T	P	A	J	A	M	A	S	T	T	E	S	P
T	E	K	C	A	J	O	P	C	E	V	E	S	T
P	A	N	T	I	E	S	I	O	O	S	A	E	E
E	B	O	R	A	P	A	H	I	N	O	O	A	E
P	B	O	O	T	S	E	A	S	T	C	C	S	M
I	L	S	I	S	L	S	I	E	I	K	H	B	I
I	A	W	E	T	E	S	R	A	A	S	I	O	V
H	E	E	T	S	V	A	P	S	C	A	R	F	P
M	A	A	C	I	I	O	I	E	I	T	I	N	P
N	A	T	K	O	S	P	E	R	P	H	S	S	A
T	A	E	A	O	A	O	C	O	C	M	V	T	C
I	A	R	N	E	P	T	E	S	S	H	O	E	S
A	A	C	I	E	A	T	C	E	S	K	I	R	T

SKIRT
COAT
NITIE
PANTIES
ROBE
CAP
HAIRPIECE

VEST
SWEATER
HAT
SOCKS
LEVIS
PONCHO
PAJAMAS

BOOTS
SANDALS
SCARF
PANTS
JACKET
SHOES

Computer Words

N	C	M	O	N	I	T	O	R	T	A	S	S	T
C	F	O	L	D	E	R	S	C	C	E	Y	E	P
A	S	G	I	H	T	F	A	E	E	I	E	A	R
R	E	K	A	E	P	S	A	L	V	F	K	R	I
S	C	P	U	A	D	A	T	C	G	C	D	C	N
B	T	T	G	S	N	E	O	S	E	A	S	H	T
E	O	F	N	T	A	B	L	E	E	B	M	O	E
M	O	U	S	E	N	E	E	R	C	S	O	E	R
B	B	S	A	E	R	A	W	T	F	O	S	O	S
N	E	E	O	A	T	S	C	A	N	D	I	S	K
O	R	O	I	A	D	R	N	E	E	N	R	E	B
T	O	S	D	T	V	A	N	C	T	E	U	D	K
E	E	L	T	L	D	S	N	O	C	I	S	N	T
S	T	E	N	R	E	T	N	I	M	C	B	I	K

CPU	FOLDERS	INTERNET
MOUSE	PRINTER	SEARCH
FACEBOOK	TABLE	ICONS
SCANDISK	GAMES	NOTES
DVD	MONITOR	SCREEN
SPEAKER	KEYS	USB
SOFTWARE	REBOOT	

Conflict Resolution

E	L	A	W	A	R	D	H	T	I	W	E	N	M
D	I	S	A	G	R	E	E	M	E	N	T	A	A
T	S	O	S	P	M	N	G	C	G	S	N	P	N
S	U	P	R	E	S	S	N	O	E	T	L	O	A
I	P	A	R	S	L	I	I	N	E	Y	A	W	G
S	E	V	O	O	A	D	H	F	C	L	L	E	E
L	R	O	T	L	I	M	T	L	N	E	O	R	M
L	S	I	I	V	N	T	O	I	W	S	S	I	E
I	O	D	N	I	E	L	M	C	R	L	E	I	N
K	N	I	K	N	D	N	S	T	N	I	W	E	T
S	A	N	K	G	N	O	I	L	A	U	T	U	M
G	L	G	D	I	F	F	E	R	E	N	C	E	S
C	O	M	P	R	O	M	I	S	E	G	G	F	A
G	N	I	T	A	R	O	B	A	L	L	O	C	I

WIN

DIFFERENCES

POWER

MUTUAL

SMOTHING

DISAGREEMENT

AVOIDING

WITHDRAWAL

DENIAL

COLLABORATING

MANAGEMENT

STYLE

COMPROMISE

SUPRESS

SKILLS

CONFLICT

PERSONAL

LOSE

SOLVING

Types of Drinks

T	E	I	D	W	A	L	O	C	V	V	W	T	E
T	W	E	M	L	L	T	A	D	M	A	L	T	M
D	P	H	O	T	E	L	I	S	P	E	P	R	I
Y	R	S	O	I	M	S	A	S	I	Y	O	F	L
T	Y	O	F	A	O	A	A	B	N	D	P	H	K
S	Y	U	I	L	N	A	S	L	R	D	T	E	A
A	A	R	O	Y	A	N	E	C	L	E	E	Y	T
T	A	R	R	D	D	Y	V	O	M	I	H	S	E
E	E	D	T	E	E	T	E	F	A	E	N	U	E
E	W	E	E	S	H	L	N	F	E	L	I	A	P
D	T	C	E	Y	K	C	U	E	E	Y	O	D	V
E	E	I	R	P	D	R	P	E	P	P	E	R	O
O	W	I	W	A	D	O	S	W	A	T	E	R	V
S	A	Y	S	T	R	A	W	B	E	R	R	Y	R

TEA	COLA	MILK
SEVEN -UP	ICED	COFFEE
TASTY	CHERRY	PEPSI
VANILLA	DR PEPPER	HOT
WATER	MALT	SOUR
SODA	STRAWBERRY	DIET
LEMONADE	HERBAL	

Economic Terms

Y	R	L	N	E	C	E	L	E	C	I	R	C	N
T	T	K	T	I	R	S	B	C	N	O	R	O	X
I	C	S	I	N	D	A	L	F	N	T	I	R	M
V	E	L	C	E	R	L	L	C	E	T	T	A	X
I	T	Y	P	T	O	U	X	K	A	D	S	R	E
T	O	R	E	M	E	O	R	Z	E	T	E	E	D
C	N	R	A	N	T	A	I	M	R	R	C	M	A
U	C	E	C	A	M	L	A	R	E	P	R	U	R
D	C	E	O	K	A	N	M	K	C	E	U	S	T
O	C	A	C	I	D	C	T	S	U	R	O	N	E
R	V	O	C	E	P	Y	E	T	D	R	S	O	D
P	T	E	C	D	N	L	O	O	O	C	E	C	C
S	P	S	U	P	P	L	Y	S	R	S	R	D	E
S	R	O	S	T	X	A	S	C	P	K	P	I	N

BARTER   DEMAND   TAX
TRADE   INFLUENCE   RESOURCES
SPECIALIZATION PRODUCER   CONSUMER
PRODUCTIVITY   STOCK MARKET   SUPPLY

Farming

H	C	T	P	R	O	P	E	R	T	Y	S	A	E
B	W	H	E	A	T	C	O	R	N	C	R	I	B
E	L	H	O	R	S	E	S	T	H	C	E	C	T
O	E	O	S	T	E	K	C	U	B	L	A	S	T
C	C	L	A	B	O	R	E	R	S	T	A	F	T
T	O	A	W	O	L	P	R	S	T	C	O	R	P
S	H	O	U	S	E	S	T	L	H	L	S	L	A
E	R	E	O	W	T	R	E	I	Y	T	T	S	S
B	B	O	U	A	A	S	C	A	W	R	E	P	T
A	S	W	T	W	S	K	H	S	E	P	C	E	U
R	R	G	R	C	E	C	S	S	T	A	O	E	R
N	A	K	O	N	A	U	R	A	R	O	O	H	E
P	B	A	S	H	R	R	T	S	C	A	C	S	S
F	H	T	A	O	R	T	T	O	R	E	T	A	W

PROPERTY   BUCKETS   CATTLE
STRAW   CORNCRIB   PLOW
SHEEP   BARN   WHEAT
HOGS   HORSES   CHICKENS
TRACTORS   TRUCKS   WATER
HAYLOFT   PASTURE   LABORERS
OATS   HOUSE

Found in the Forest

E	O	O	H	W	S	Q	U	I	R	R	E	L	S
O	U	A	S	T	S	T	R	E	E	S	N	B	N
E	L	U	M	B	E	R	N	W	A	F	H	M	E
E	D	I	T	C	H	E	S	P	I	N	E	F	O
O	K	W	G	R	A	S	S	O	W	O	O	D	S
N	A	L	U	O	P	P	O	S	S	U	M	S	S
E	N	K	E	M	C	P	P	S	P	K	N	E	R
L	P	A	M	E	A	D	C	N	N	D	L	H	A
F	L	O	W	E	R	S	E	U	K	P	I	R	C
S	R	R	M	D	E	E	M	E	A	F	Q	I	C
S	E	C	N	E	F	P	C	M	R	K	S	E	O
N	E	M	W	T	I	E	W	E	E	D	S	D	O
L	D	O	C	H	I	S	L	A	M	I	N	A	N
S	T	A	C	D	L	I	W	E	T	O	E	C	S

DITCHES	ANIMALS	PINE
TREES	MAPLES	OAK
CHIPMUNK	WOOD	LUMBER
FENCES	OPPOSSUM	RACCOONS
FLOWERS	DEER	GRASS
SQUIRRELS	ELK	WILDCAT
FAWN	WEEDS	

Fun Thing to Do

A	E	S	T	L	D	P	I	G	I	R	B	O	E
C	N	D	Y	S	R	O	O	O	L	S	D	G	E
T	T	R	R	E	I	G	P	L	R	R	I	T	X
A	E	O	L	I	V	K	N	O	O	Y	L	A	E
F	R	W	L	B	I	S	G	I	K	E	I	L	R
E	T	S	A	B	N	D	N	S	D	E	I	K	C
G	A	S	B	O	G	R	I	G	A	I	R	I	I
E	I	O	T	H	D	A	Y	O	I	P	R	N	S
A	N	R	O	R	T	C	A	L	T	N	E	G	E
T	I	C	O	D	R	I	L	F	O	I	T	T	E
I	N	D	F	L	P	I	P	G	Y	O	T	K	S
N	G	W	A	L	K	I	N	G	S	O	T	O	I
G	P	O	X	L	K	R	A	P	L	W	T	T	T
N	K	G	N	I	H	C	T	A	W	D	R	I	B

BIRDWATCHING	POLO	FOOTBALL
CROSSWORDS	TOYS	GOLF
PARK	PLAYING	WALKING
DRIVING	ENTERTAINING	POKER
HOBBIES	TALKING	CARDS
PETS	EXERCISE	
RIDING	EATING	

Types of Gemstones

R	R	B	T	U	E	T	N	K	T	E	R	O	P
X	Y	N	O	A	T	N	O	U	T	E	R	E	A
T	A	O	U	Y	I	T	R	D	R	T	N	E	Q
S	E	D	A	J	R	Q	A	O	I	I	L	R	U
Y	E	Q	N	S	U	X	R	A	L	R	E	I	A
H	T	N	A	O	Z	L	R	A	E	P	E	H	M
T	E	I	I	K	A	K	M	D	H	R	L	P	A
E	M	S	E	U	U	R	E	A	I	R	M	P	R
M	E	T	M	E	U	N	T	A	U	Z	G	A	I
A	R	O	R	O	I	A	Z	B	O	P	O	S	N
T	A	E	T	R	L	A	Y	I	O	E	I	Y	E
A	L	I	T	G	A	R	N	E	T	P	G	A	Y
L	D	I	M	Z	A	P	O	T	I	E	A	E	A
D	C	U	Q	J	A	S	P	E	R	N	M	L	U

RUBY
TURQUOISE
AQUAMAR INE
CITRINE
SAPPHIRE
AMETHYST

GARNET
OPAL
ONYX
PEARL
PERIDOT
TOURMALINE

EMERALD
JADE
KUNZITE
TOPAZ
AZURITE
JASPER

Greek Gods

Y	N	N	S	I	O	A	I	E	B	O	U	E	R
A	O	P	I	T	O	N	O	R	O	P	D	T	D
R	D	R	A	T	A	O	M	H	R	T	S	I	I
T	I	E	T	N	S	P	T	N	E	Y	U	D	O
E	S	O	P	U	S	M	H	J	A	R	N	O	N
M	O	H	T	I	N	O	E	Y	S	O	A	R	Y
I	P	O	R	P	M	P	Z	R	P	T	J	H	S
S	N	I	D	E	M	E	T	E	R	N	N	P	U
O	S	E	E	O	O	S	P	S	H	H	O	A	S
N	H	N	N	M	A	R	U	P	E	A	T	S	O
A	P	O	L	L	O	E	Z	N	C	D	R	R	I
E	H	I	M	R	Z	Y	E	O	A	E	R	A	A
M	E	H	A	E	O	L	U	S	T	S	J	P	P
H	A	K	E	U	R	U	O	S	E	M	R	E	H

ZEUS
HERA
KHIONE
NOTUS
HYPNOS
IRIS
HECATE

DIONYSUS
POSIDON
APOLLO
APHRODITE
BOREAS
PAN
ARTEMIS

JANUS
DEMETER
HERMES
AEOLUS
POMPONA
HADES

Home Furnishings

C	E	S	K	W	M	A	R	E	S	S	E	R	D
S	O	F	A	E	D	H	S	Y	A	R	T	V	T
A	S	S	E	L	E	H	N	T	A	R	L	C	H
I	T	E	E	C	S	E	A	A	A	T	C	V	O
K	T	R	I	O	K	B	H	D	T	I	L	E	O
S	E	M	A	M	L	N	I	U	R	U	G	S	A
S	L	S	T	E	R	O	A	L	T	S	D	E	B
T	E	N	C	M	S	H	O	U	E	C	C	E	H
E	V	I	H	A	E	T	T	H	U	I	H	S	A
N	I	A	C	T	C	S	H	S	F	E	T	O	S
I	S	T	U	D	A	I	R	D	K	E	A	S	S
B	I	R	O	T	A	N	O	I	I	I	C	T	O
A	O	U	C	E	U	K	W	C	H	A	I	R	C
C	N	C	S	N	C	S	S	E	T	U	H	C	K

BEDS
WELCOME MAT
CURTAINS
DESK
CHAIR
TILE
TELEVISION

HASSOCK
HUTCH
SINKS
THROWS
RADIO
DRESSER
TABLE

COUCH
CABINETS
RUGS
TVTRAYS
SOFA
CHUTE

Journalism

E	N	I	L	D	A	E	H	B	S	R	I	E	A
A	I	N	D	E	X	P	E	U	S	N	E	A	A
D	D	D	P	S	M	O	N	S	P	D	P	T	D
I	O	T	R	J	E	C	S	I	O	L	I	N	V
T	A	O	R	E	A	S	E	N	R	A	C	E	E
R	I	R	F	E	T	O	I	E	T	N	T	W	R
A	D	P	T	P	R	R	E	S	S	R	U	S	T
V	M	P	E	I	I	O	O	S	J	U	R	P	I
E	R	N	N	R	C	H	R	P	L	O	E	A	S
L	O	O	A	H	S	L	M	S	E	J	S	P	E
N	F	B	I	S	I	U	E	E	F	R	R	E	M
P	N	N	S	N	N	D	A	S	D	I	D	R	E
I	I	A	E	P	R	A	I	D	N	I	R	D	N
A	U	D	I	E	N	C	E	T	E	J	A	R	T

PRINT	HOROSCOPE	INFORM
INDEX	PICTURES	MEDIA
REPORTER	ARTICLES	FOOD
BUSINESS	AUDIENCE	JOURNAL
SPORTS	ADVERTISEMENT	HEADLINE
PERSUADE	NEWSPAPER	TRAVEL

Love

S	G	L	U	O	S	U	N	C	O	A	R	R	I
T	E	H	L	R	E	L	O	V	E	V	A	R	P
T	F	P	A	S	S	I	O	N	B	L	E	A	U
R	S	A	F	E	E	L	F	D	W	A	F	N	R
U	E	Y	T	R	A	E	H	L	I	Y	Y	L	E
E	F	R	U	V	H	I	S	D	F	O	A	E	H
H	U	S	B	A	N	D	L	O	E	L	L	U	D
U	R	D	U	T	I	N	Y	T	S	E	N	O	H
H	R	G	N	I	Y	D	N	U	B	O	D	Y	D
H	A	P	R	O	M	I	S	E	P	U	E	I	L
S	T	H	U	L	E	S	O	S	A	C	R	E	D
A	S	U	C	H	E	R	I	S	H	N	T	M	Y
O	V	U	R	U	M	I	N	D	E	D	E	N	Y
U	T	T	O	T	L	U	F	I	T	U	A	E	B

SACRED
LOYAL
HONESTY
PROMISE
WIFE
TRUTH
PASSION

FEAR
HUSBAND
BEAUTIFUL
UNDYING
FEEL
LOVE
PURE

TRUE
BODY
SOUL
MIND
CHERISH
HEART

Macbeth

N	O	I	T	I	T	S	R	E	P	U	S	N	A
S	N	R	D	N	A	L	T	O	C	S	S	A	T
I	E	G	U	I	L	T	D	T	L	E	S	H	M
T	G	N	D	E	A	T	H	B	I	C	O	T	A
T	A	T	H	A	N	E	S	A	G	N	S	E	D
T	A	N	B	A	N	Q	U	O	H	A	E	B	N
P	R	M	I	D	D	I	E	N	T	G	H	C	E
M	R	A	B	A	D	G	U	C	N	O	C	A	S
R	U	O	G	I	B	O	L	U	I	R	T	M	S
A	E	R	P	E	T	L	O	C	N	R	I	D	C
I	H	T	D	H	D	I	A	H	G	A	W	A	N
N	I	I	N	E	E	Y	O	N	N	B	M	U	I
A	G	N	W	O	R	C	D	N	O	A	E	N	U
R	E	D	N	U	H	T	Y	I	T	D	M	T	I

CROWN
DONALBAIN
WITCHES
MADNESS
MANHOOD
DEATH
AMBITION

BANQUO
THANE
SUPERSTITION
SCOTLAND
LIGHTNING
ARROGANCE
RAIN

MACBETH
GUILT
THUNDER
PROPHECY
TRAGEDY
MURDER

Mobile Phones

N	O	S	S	C	I	R	E	T	L	S	E	E	A
A	A	E	N	O	H	P	I	T	G	A	L	H	S
E	H	Y	N	O	K	I	A	L	U	M	I	A	H
T	C	M	O	B	O	S	D	R	O	S	A	E	A
O	U	A	U	A	R	R	O	A	B	U	O	H	T
N	O	L	B	T	O	R	P	I	L	N	I	M	M
Y	T	C	A	A	D	S	I	R	A	G	G	E	O
X	E	A	T	O	A	T	N	E	C	G	S	C	B
A	N	T	B	R	L	B	L	P	K	A	O	N	I
L	O	E	X	I	I	A	L	X	B	L	K	P	L
A	O	L	A	O	E	B	L	B	E	A	A	U	E
G	O	F	B	D	D	R	E	O	R	X	A	D	A
D	V	O	D	A	F	O	N	E	R	Y	C	I	A
Y	N	O	S	A	A	E	N	G	Y	K	E	E	K

ALCATEL
GALAXY NOTE
TRIBE
SAMSUNG
GALAXY
T-MOBILE

ERICSSON
NOKIA LUMIA
ASHA
BLACKBERRY
VODAFONE
DORO

IPHONE
SONY
XPERIA
ONE TOUCH
IPOD

Modes of Transport

M	Y	B	E	E	A	T	R	A	I	N	B	E	K
I	A	C	A	R	M	O	E	P	K	C	R	V	C
E	C	M	O	T	O	R	B	I	K	E	E	A	U
L	H	N	T	I	P	S	R	H	D	O	K	N	R
T	T	G	P	E	U	K	E	S	C	L	N	O	T
T	T	F	E	L	E	A	K	E	R	E	A	R	Y
U	A	E	E	C	J	T	T	S	J	D	T	M	O
H	O	R	N	Y	L	E	G	I	E	E	L	O	S
S	B	R	A	C	M	B	O	U	T	P	I	P	E
E	D	Y	L	I	A	O	N	R	S	E	O	E	G
C	E	L	P	B	O	A	D	C	K	A	K	D	W
A	E	O	S	B	J	R	O	W	I	A	T	I	A
P	P	S	D	R	O	D	L	M	O	I	B	A	Y
S	S	O	Y	U	L	I	A	R	O	N	O	M	K

VAN	CRUISE SHIP	TRAIN
BICYCLE	MOPED	PEDELO
JET SKI	SPACE SHUTTLE	MONORATL
SKATEBOARD	OIL TANKER	CAR
SEGWAY	FERRY	YACHT
SPEEDBOAT	PLANE	TRUCK
MOTORBIKE	GONDOLA	

Months of the Year

S	P	H	T	U	C	I	E	E	A	M	B	E	B
U	M	U	Y	R	A	O	E	E	Y	I	A	O	E
A	R	B	B	C	N	R	J	A	N	U	A	R	Y
M	N	V	L	E	F	J	U	N	E	T	B	U	E
C	O	M	P	I	U	U	T	D	Y	M	D	J	A
R	V	R	B	T	R	C	R	T	F	E	P	U	E
E	E	E	E	E	E	P	M	B	C	B	E	N	U
B	M	B	T	M	E	Y	A	E	E	U	E	C	U
M	B	O	C	A	N	A	M	E	R	B	U	U	M
E	E	T	E	Y	R	B	E	V	H	U	S	E	S
T	R	C	E	U	E	F	E	B	R	U	A	R	Y
P	Y	O	P	R	A	E	O	M	A	R	C	H	B
E	T	S	U	G	U	A	T	E	J	Y	B	P	U
S	E	U	O	F	A	Y	C	J	U	L	Y	R	B

FEBRUARY	MAY	JUNE
MARCH	AUGUST	JULY
APRIL	DECEMBER	OCTOBER
SEPTEMBER	JANUARY	NOVEMBER

Nature and the Outdoors

S	R	N	S	N	O	G	A	W	S	E	K	A	L
T	D	E	R	T	U	N	N	E	L	E	O	E	L
I	R	A	O	V	S	S	P	O	N	D	S	A	D
N	I	B	A	A	P	I	C	N	I	C	N	R	N
O	V	I	D	R	W	C	F	A	S	E	K	S	S
O	E	R	S	S	A	A	I	N	S	P	O	S	P
C	W	D	S	M	T	F	S	I	G	R	R	E	P
C	A	S	P	A	E	E	H	M	R	R	U	E	A
A	Y	I	N	A	R	A	I	A	A	V	N	R	R
R	N	O	A	N	R	M	N	L	S	N	N	T	K
G	S	A	S	I	S	I	G	S	S	E	R	N	S
P	D	E	S	W	G	N	I	T	N	U	H	L	S
S	P	D	A	B	U	S	H	E	S	K	F	O	W
D	C	O	B	A	R	N	S	C	I	E	R	O	D

ROADS
HUNTING
FISHING
LANES
CAMPING
DRIVE WAY
PARKS

WATER
BUSHES
PONDS
BARNS
PICNIC
GRASS
TREES

WAGONS
ANIMALS
LAKES
RACCOON
BIRDS
TUNNEL

Found in the Office

S	C	A	C	C	L	O	C	K	S	R	R	C	E
I	S	S	L	I	X	S	S	O	C	S	F	H	R
S	M	T	D	E	A	I	Y	P	K	E	T	E	U
E	A	I	I	G	F	G	N	S	P	E	S	E	L
C	R	U	K	U	O	N	E	E	S	G	R	X	E
R	K	S	O	A	A	D	S	O	R	P	I	I	R
E	E	R	O	O	D	T	N	O	R	F	A	T	S
T	R	F	B	K	C	E	E	T	E	P	H	S	E
A	S	S	K	O	O	B	R	L	P	O	C	G	C
R	B	S	C	S	E	N	V	E	L	O	P	E	S
Y	O	P	E	R	E	G	A	N	A	M	S	N	Y
R	S	S	H	S	E	N	O	H	P	E	L	E	T
T	S	K	C	B	O	E	T	R	P	E	N	S	E
O	P	A	P	E	R	R	E	S	T	R	O	O	M

SECRETARY
FRONTDOOR
DESKS
PENS
RESTROOM
MANAGER
BOOKS

ENVELOPES
MARKERS
EXIT
RULERS
CLOCKS
CHAIRS
PAPER

TELEPHONES
BOSS
CHECKBOOK
FAX
SIGN
SUITS

Packaging Materials

T	R	A	N	S	P	O	R	T	F	U	G	I	R
B	U	T	P	R	O	T	E	C	T	B	C	O	O
E	Y	C	E	C	O	N	T	A	I	N	E	R	J
C	I	C	A	R	D	B	O	A	R	D	R	P	U
L	T	L	L	O	T	E	N	B	G	D	T	R	G
U	G	A	T	R	S	P	N	S	A	E	O	A	A
F	E	T	P	G	B	P	R	A	A	A	J	J	J
E	N	E	L	A	E	A	B	O	L	J	E	R	R
T	E	M	A	N	A	P	O	D	D	G	G	Y	G
S	R	T	S	I	U	E	T	A	P	U	O	R	G
A	I	Y	T	Z	T	R	T	E	T	G	C	U	C
W	C	C	I	E	I	C	L	E	L	C	A	T	A
R	T	U	C	E	F	U	E	G	A	B	I	R	N
T	E	A	B	U	Y	G	I	C	G	L	A	S	S

TRANSPORT	GENERIC	METAL
CAN	PRODUCT	PLASTIC
PROTECT	WASTEFUL	JAR
JUG	GLASS	GROUP
BOTTLE	BEAUTIFY	PAPER
CARDBOARD	CONTAINER	TUB
ORGANIZE	BAG	

School Life

B	L	A	C	K	B	O	A	R	D	E	S	K	N
R	C	R	T	E	K	E	P	R	R	T	D	E	U
N	S	S	E	S	G	L	U	E	S	T	I	C	K
E	S	N	H	S	O	A	E	T	O	A	G	R	R
A	C	A	O	A	A	K	K	T	E	K	J	A	O
C	I	H	L	T	R	R	N	I	E	P	H	Y	T
S	S	K	L	O	E	P	E	L	A	E	O	O	A
R	S	I	S	P	A	B	E	G	P	N	M	N	L
E	O	K	K	Y	S	I	O	N	M	S	E	S	U
K	R	A	O	O	L	A	A	O	E	S	W	A	C
R	S	C	O	M	P	A	S	S	K	R	O	A	L
A	A	E	B	N	A	O	S	A	S	K	R	K	A
M	B	K	C	A	P	K	C	A	B	E	K	P	C
E	A	O	L	R	S	J	O	U	R	N	A	L	S

GLITTER
SHARPENER
HOMEWORK
JOURNAL
ERASER
BLACKBOARD

NOTEBOOK
BACKPACK
CRAYONS
SCISSORS
GLUE STICK
MARKERS

BOOKS
CALCULATOR
COMPASS
PENS

Sea and Beach Seasons

E	R	E	G	N	U	O	L	N	U	S	H	W	A
D	T	E	E	R	A	T	Y	O	O	R	C	C	A
N	R	U	E	S	O	D	T	W	Y	T	T	Y	Y
U	T	H	H	A	N	R	R	L	R	A	E	R	P
O	O	O	T	A	A	S	H	E	R	S	R	N	O
R	W	R	S	O	D	G	U	E	O	A	T	D	N
R	E	S	S	O	U	E	T	U	W	P	S	N	A
U	L	E	R	O	S	T	T	E	I	A	R	E	C
S	C	S	R	S	A	H	S	E	T	E	E	R	R
Y	R	H	C	C	E	T	R	O	H	S	T	S	R
C	E	O	S	R	E	N	N	T	T	T	R	E	N
P	O	E	N	R	R	O	R	R	E	E	N	A	O
O	S	V	N	N	T	O	N	R	E	T	S	A	E
O	T	N	E	U	N	T	N	H	T	T	E	E	E

COVE

WESTERN

SANDY

NORTHERN

HORSESHOE

SURROUND

EASTERN

SCATTER

TOWEL

STRETCH

SUN LOUNGER

PIER

CANOPY

ROUGHLY

SOUTHERN

Seasons

S	R	E	P	M	A	E	L	E	E	W	S	T	M
M	A	E	G	H	T	S	U	F	N	W	F	N	L
S	I	R	N	W	W	E	S	S	I	I	M	V	S
N	N	I	I	I	L	A	E	S	H	S	N	L	S
O	T	S	M	N	A	S	L	S	S	R	E	L	E
W	L	H	M	T	S	O	C	P	N	E	E	A	V
M	I	T	I	E	P	N	I	R	U	W	I	F	A
A	F	H	W	R	R	A	C	I	S	O	M	A	E
N	S	S	S	I	E	L	I	N	I	L	E	I	L
S	E	E	W	A	C	I	P	G	S	F	S	T	I
A	E	T	A	L	O	C	O	H	C	T	O	H	O
N	S	F	C	A	M	M	I	R	E	M	M	U	S
R	F	L	I	P	F	L	O	P	S	E	H	S	G
E	K	A	R	O	S	A	G	A	L	O	L	M	N

HOT CHOCOLATE   FLIP FLOPS   WINTER
SPRING   SEASONAL   RAKE
LEAVES   SUNSHINE   ICICLES
SNOWMAN   SUMMER   RAIN
FLOWERS   SWIMMING   FALL

Associated with Television

S	T	R	O	P	S	R	S	I	N	G	I	N	G
E	M	I	R	C	O	O	M	S	E	R	I	E	S
S	E	H	O	S	T	S	U	F	A	M	I	L	Y
T	S	C	P	S	T	M	S	M	I	I	Y	O	S
N	M	R	R	R	C	H	I	E	O	R	S	A	C
E	R	W	A	I	O	S	C	T	N	P	A	O	N
W	S	S	S	T	A	G	S	O	A	E	M	S	G
S	I	G	M	M	S	W	R	O	E	E	A	S	P
P	S	M	A	M	O	D	S	A	D	S	D	M	A
H	S	R	P	T	U	S	D	Y	M	T	S	W	L
C	D	S	I	T	C	O	M	S	R	S	P	W	S
T	S	E	L	O	R	S	N	R	E	T	S	E	W
A	A	R	M	O	V	I	E	S	P	S	E	S	T
W	T	S	C	O	M	M	E	R	C	I	A	L	S

MUSIC

SERIES

MOVIES

DRAMAS

COMEDY

ROLES

PROGRAMS

SITCOMS

SINGING

COMMERCIALS

WESTERNS

SPORTS

CRIME

NEWS

HOSTS

STARS

WATCH

FAMILY

SOAPS

ADS

Weather

W	U	D	D	H	E	A	T	W	A	V	E	Y	N
U	A	F	R	E	E	Z	I	N	G	M	C	M	T
S	L	R	Z	N	I	A	R	H	E	I	S	A	O
R	E	M	M	U	S	E	A	O	N	I	M	O	R
D	R	L	L	R	T	G	F	T	A	H	S	W	N
N	D	D	W	E	B	Z	A	A	C	R	F	A	A
S	R	T	A	T	L	R	L	R	I	L	R	R	D
N	A	I	B	L	A	O	L	B	R	D	O	N	O
O	Z	T	H	E	C	F	U	R	R	L	S	I	S
W	Z	U	U	A	K	M	V	H	U	O	T	N	O
R	I	I	M	U	O	M	S	M	H	C	Y	G	A
E	L	L	I	O	U	T	H	G	I	N	B	S	N
U	B	T	D	A	T	H	M	W	I	N	D	Y	R
D	S	O	L	T	S	W	S	T	O	R	M	S	A

SUMMER
BLIZZARD
HOT
FROSTY
FALL
WINDY
COLD

RAIN
NIGHT
WARNINGS
HEATWAVE
BLACKOUTS
SNOW
TORNADOS

ICY
HURRICANE
STORMS
HUMID
FREEZING
WARM

Wedding

C	M	S	R	E	W	O	L	F	U	O	F	U	F
F	A	S	E	L	C	N	U	E	R	I	N	G	S
L	U	T	O	R	L	S	F	C	N	U	E	L	F
O	N	A	I	I	M	B	A	N	S	P	D	M	R
W	T	L	S	N	R	R	M	A	N	A	U	U	I
E	S	C	R	G	L	I	I	D	D	R	W	S	E
R	K	O	P	B	R	D	L	Y	A	T	M	I	N
G	F	H	I	E	E	E	Y	E	D	Y	O	C	D
I	G	O	C	A	I	S	A	N	E	L	M	T	S
R	N	L	T	R	O	O	H	O	I	L	C	L	R
L	O	E	U	E	C	E	I	M	G	I	F	T	S
B	N	W	R	R	C	A	N	D	L	E	S	D	G
I	R	R	E	C	S	R	K	T	U	X	E	D	O
S	N	I	S	F	L	D	E	E	G	A	N	C	U

MOM
FRIENDS
MUSIC
CANDLES
AUNTS
RINGS
PICTURES

ALCOHOL
FLOWERS
FLOWER GIRL
UNCLES
MONEY DANCE
DAD
TUXEDO

CAKE
FAMILY
GIFTS
PARTY
BRIDE
RING BEARER